最弱テイマーはゴミ拾いの旅を始めました。10

The Weakest Tamer Began a Journey to Pick Up Trash.

Honobonoru500
ほのぼのる500
Illustration ✿ なま

TOブックス

START!

さぁ、事件を
暴くぞ〜〜!

皆の洗脳を解いて、
謎も解いてみせる!

いけ〜ソル!
1回休み

魔法陣に向かって
ソルが突撃!

怪しい教会へ
レッツゴー!
2マス進む

首謀者は村の司教だった!
魔法陣の実験台に
するなんて酷い!

一件落着かと
思いきや……!?
1回休み

石に刻まれた魔法陣が……!
ソルが助けて
くれなかったら……。

これまでのアイビーの旅路——。

ソラとソル、
大活躍!!!
2マス進む

わんこそば形式で、
皆を食べ……じゃなくて
治してます!

てがかりを
探しにシャーミの
洞窟へ——。
1マス進む

大量のゴミと……
魔法陣! ここに
あったんだ!!

ソルが仲間入り!
離れたいじゃなくて
「食べたかった」って(笑)
拍子抜けだけど、
うれしいな!

To be continued……

もくじ

Illustration なま　Design AFTERGLOW

フレム
ソラの分裂で生まれた
色違いの分身(?)。
なぜかドルイドと仲良しで、
よく眠りがち。
ドルイド
右腕をなくしたおっさん冒険者。
瀕死のところをソラに治療され、
仲間となる。
過保護になりがち。
ソル
フレムから生まれたスライム。
手のひらサイズで、
自由に動きがち。
シエル
行く先々で出会った
アダンダラ（猫の魔物）。
なぜかアイビーに懐いている。
魔石の力でスライムに
変化しがち。
本当の姿
アイビー
スキルの星がなかったため
親から見放され、
サバイバルの旅に出る。
前世の記憶を持つ。
か弱くみられがち。
ソラ
アイビーが初めて
テイムしたスライム。
崩れスライムというレア種族。
最近雑食になりがち。
Character

第9章 ✿ ハタル村と逃亡　前編

The Weakest Tamer
Began a Journey to
Pick Up Trash.

番外編　ふぁっくすをお届けします。

―オグト隊長視点―


「オグト隊長！　何処に行っていたんですか！　捜したんですよ」

部下の叫ぶ声に、耳を塞《ふさ》ぐ。相変わらず元気だね～。そっと視線を向けると、睨《にら》まれた。あっ、これは本気だ。そんなに仕事が溜まっていたかな？　……そういえば、ここ一週間ほど隊長室に入っていない……。

「お久しぶりですね」

……これはやばい。

「そうだな。あ～、さて仕事をしようか。ヴェリヴェラ」

目が据《す》わっている。いや、まさか一週間もかかってしまうとは。

「はぁ。それで、奴らの尻尾は掴めたんですか？」

ははは、さすがだ。何も言ってないのに気付いていたか。

「証拠の隠し場所は確認出来た。ちょっと予想外の者が関わっている事がわかったから、あとで調査を頼むよ。それと二〇名ほど集めといてくれ。証拠を押収するから」

「わかりました。準備はすべて整えておくので書類をとっとと終わらせてください。今すぐに！」

「怖いぞ」

「ふっ」

まぁ、一週間放置したのだし、しかたないか。

「あっ、オグト隊長、『ふぁっくす』が届いてますよ」

『ふぁっくす』？　また何かのお願いか？　面倒くさいな。

「ありがとう」

部下の一人が持って来てくれた『ふぁっくす』を受け取り名前を確認する。

「アイビー？」

「えっ？　彼女ですか？」

ヴェリヴェラの驚いた声に、頷《うなず》く。

「どうやら近況を報告してくれる手紙のようだ」

少年の格好をした少女。周りに気を張って、いつも怯《おび》えていた。少しでも手助け出来ればと様子を見ながら近づいたら、かなり可愛い性格をしていて驚いた。あの時に出来るかぎりの手は尽くしたが、生きているか心配だった。森は、子供が一人で耐えられる世界ではないから。

「仕事……まぁ、ちょっと休憩後でもいいでしょう」

ヴェリヴェラの珍しい言葉が聞こえる。それに笑いそうになるが堪えて、隊長室に急ぐ。ソファーに座ると、前にヴェリヴェラが座る。

「えっと、『オグト隊長、ヴェリヴェラ副隊長、お久しぶりです。覚えているでしょうか？　少しの間ですがお世話になったアイビーです。迷惑かなと思ったのですが、元気な事をお知らせしたくて送ります』」

「相変わらず彼女は丁寧ですね」

ヴェリヴェラがうれしそうに笑う。そうとう彼女の事を気に入っていたからな。

「『私は今、ハタウ村にいます。旅を一緒にしてくれる人も出来ました』他人と過ごせるようになったんだな」

あの時のアイビーに、子供の一人旅が危険だと言うのは簡単だった。だが、他人を怖がり拒絶している彼女にそれを伝えて大丈夫なのかわからなかった。どう見ても、他人と一緒に過ごす事が出来ないであろう精神状態。伝えたところで改善が出来ないなら、言うべきではないと判断した。不安を煽《あお》るだけになりかねないからな。ただそれが、正しかったのかずっと不安だった。

「彼女、ハタウ村に行くまでにいい人たちと巡り合えたようですね」

ヴェリヴェラの言葉に頷いて続きを読む。

「あぁ。えっと『仲間はオール町のドルイドさんという方です』……ん？　オール町？　ドルイド？」

「……ギルドの隠し玉ですか？　冗談ですよね？　あの冷酷非道と有名な？」

『ふぁっくす』を見る。

「えっと『ドルイドさんはとても優しく、いつも助けてくれる』とある。……別人か？」

俺の知っているドルイドとは随分《ずいぶん》とかけ離れている。俺の知っているオール町のドルイドは、非情な判断を下す時も顔色一つ変えず、それを実行する時でさえ何の感情も浮かべない表情に周りにいる者たちが震えあがるとか。こういう話は大きくなりやすいが、俺はこの目で仕事をこなす彼を見ている。確かに何の感情も浮かんでいない目を恐ろしいと感じた。

「別人でしょう」

ヴェリヴェラの言葉に、そうだよなと頷く。が、なぜかギルドの隠し玉である彼がアイビーの隣に並んでいる想像が出来てしまう。

「まぁ、人は変わるし本人でも別人でもアイビーがいいなら問題ないだろう」

と言っても不安だ。あとで確認だけ取っておこう。

「えっと、『私のスキルはテイマーなんですが、あの時は言えませんでした。ごめんなさい』」

「テイマーだったんですね。隠した理由は書かれてますか？」

ヴェリヴェラの不思議そうな表情に、『ふぁっくす』の続きを読む。

「『私が話さなかった理由は、スキルのせいで村にいられなくなったからで怖くて言えませんでした』。村にいられなくなった？　テイマーは重宝されるスキルだよな？　どういう事だ？」

ヴェリヴェラと首を傾げる。

「『私のテイムしたスライムは可愛くて、得意な事は形を崩す事です。横にぴよーんと伸びている状態の崩れていた時に出会いました。すっごく崩れてたんですよ。本当に綺麗に崩れます』。スライムをテイム出来るって事は星一つだよな」

テイマーの星一つでいられなくなる？

「……崩れていたスライム？」

ヴェリヴェラの言葉に、脳裏に何かがかすめる。崩れていたスライム？

「あぁ、崩れスライムの事か？　最弱の」

「でも、あれは星一つでもテイム出来ないほど弱い魔物だ。無理だろう」

「そうだよな」

『ふぁっくす』を読み直す。ん？　何でこんな何回も「崩れた」を繰り返しているんだ？　まるで、重要だと言っているみたいだな。もし、これを伝えたいとしたら……崩れスライムはどうやってもテイム出来ないのか？　星一つでも、魔物が弱すぎて魔力を渡すと死んでしまう。だったら、

「星一つより弱かったら、崩れスライムでもテイム出来るじゃないか？」

「星一つより弱い？　まさかアイビーが星なし？」

「だから、『ふぁっくす』でも濁《にご》して伝えてくるのか？」

ヴェリヴェラが複雑な表情をした。星なしか。もしこの考えが当たっているなら、ラトミ村にいられるわけがない。あの村は閉鎖的な村で、教会の教えが色濃く残っている。教会は星なしを「神様から見捨てられた存在」としているのだから。

「もしかしたら、殺されそうになったのかもな。あの村ならありえそうだ」

「そうですね。続きは？」

「待て、何だか嫌な予感がする」

テーブルの上にあるマジックアイテムのボタンを押す。これでこの部屋の中の声は外に漏れる事はない。

「続きを読むぞ、『ヴェリヴェラ副隊長さんが忠告してくれたんですが、旅の途中で言っていた犯罪組織と関わってしまってというか、ちょっと狙われちゃって』……はっ？」

「アイビー」

ヴェリヴェラが額を押さえる仕草をする。

「『そのおかげで、炎の剣と雷王のメンバーの方たちと知り合え、仲良くしてもらいました。彼らに助けられ、無事にその問題も乗り越えられたので安心してください』。このメンバーって、あの犯罪組織を潰した功労者じゃなかったか？」

「ですね。そういえば、興味がなかったので確認しませんでしたが、団長が功労者の中に子供がいたとか言っていた様な……」

「あぁ、確かあの時名前を聞かれたなアイビーの……」

「あとで功労者の名前を確認しておきます」

「頼む。続きだな『忘れてました。ラットルアさんたちに会う前に、仲間が出来たんです。すごく強くてかっこいい仲間です。ドルイドさん曰《いわ》く、三番目に強くてかっこいいそうです。三番目です。一番目になってほしいけど愚か者になりたくないので三番目で満足です。この仲間はまるで夢のようです』。ん？」

「また何か正直に書けない事があるみたいですね。こんな『ふぁっくす』初めてですよ」

ヴェリヴェラがおもしろそうに笑い出す。それにつられて俺も笑ってしまう。

「今度は何だ？　仲間？　テイムとは違うのか？　それに三番目？」

「テイムしていないけど一緒にいるから仲間でしょうか？　という事は人？　いえ、それはないですね。それなら人と書くでしょうし。この三番目というのも気になりますね」

ヴェリヴェラの言葉に頷く。三番目、そういえば一番を目指すと愚か者になるのか？

「強くてかっこいい……三番目。強さが三番目？　いやいや、えっ？」

「愚か者って『手を出すものは愚か者』の事ですか？　それで三番目……アダンダラ？」

ヴェリヴェラが驚いた表情をして首を横に振る。

「それはあり得ないですよ」

「そうだが。『この仲間はまるで夢のよう』と書いてあるし、星なしに崩れスライムにアダンダラ？」

「何というか、えっと、深読みしすぎでは？」

「そうだよな。その可能性もあるよな」

あるか？　間違いなく、色々隠して書かれてあるし、気にしてほしい所は何となく強調されてる。

「この『ふぁっくす』、パッと読まれたぐらいでは意味がわかる事はないと思いますが、気をつけないと駄目ですね」

何だヴェリヴェラも、何か意味があると思っているんじゃないか。

「でも、これ以上隠されると読み解けるか？」

「……まぁ、そんなに隠さなければいけない事が続く事はないでしょうから……ないですよね？」

「俺に訊《き》くな。ふ〜さて、『あっ、最初に書かないと駄目なのに、また忘れてました。実は私は女性です。旅をするのに男の子のほうが安全だと聞いて騙《だま》してました。ごめんなさい。えっと、最近は身長もちょっと伸びて、うれしいです』」

別に騙されていなかったから気にする事ないんだがな。

「続きは？　あと二枚ですか？　何かちょっと怖く感じてしまいますね」

ヴェリヴェラの言葉に手元を見る。確かに一枚目が終わって二枚目になるところだ。

「そうそう、何かがあるわけではないだろう。…………たぶん」

何で断言出来ないんだ？　小さく溜息を吐いて、二枚目を読む。

「『すみません。何だか伝える順番が滅茶苦茶になってしまいました。テイムした子たちの名前もまだでした。スライムはソラで次はシエル。次がスライムのフレムです』フレム？」

「一枚目に出てない子ですよね？　スライムのフレム？　また崩れスライムと出会ったんでしょうか？」

一枚目をざっと読み返すが、登場するスライムは一匹だ。色々と衝撃の内容だったから、読み忘れでもあるのかと思った。

「スライムのソラは、一枚目に出会った崩れスライムの事でしょう。次のシエルはなぜ魔物の種類が書かれていないのでしょうかね？　三匹目はまたスライムと書いてあるのに」

確かにそうだな。アイビーが書き忘れをするとは思えない。

「ここでは書けない魔物という事か」

「そうなりますね」

「一枚目で仲間になったアダンダラ……それはないか」

アダンダラは伝説の魔物だ。かなり強大な魔力を持った。

「『テイムした子たち』とありますからね。アダンダラは星五つでも難しい魔物です。仲間にする事は出来ても、テイムは……。特に俺たちの読みが正しければ、アイビーは星なしです」

「アダンダラを仲間にする事も、すごい事だけどな。でも、そうなるとこのシエルは何だ？」

シエルがどんな魔物なのか、書き忘れた？　ん～？

「もしかしたら、アダンダラが違った可能性があるな。もしくはアイビーが星なしではなく星五つとか？」

アイビーが星なしだと、シエルはアダンダラではない？　シエルがアダンダラだとすると、アイビーの星なしが間違い？　いや、アイビーが星なしじゃないと、崩れスライムがテイム出来るわけがない。やっぱりシエルはアダンダラではない……。わからなくなってきた。

「こんがらがってきました。あとでゆっくり考えましょうか」

「あぁ、そうするか。とりあえず続きを読むな。フレムも気になるし」

わかりやすい説明だといいな。

「『ドルイドさんと一緒にいるようになってから、丸い果物を半分に綺麗に分けて食べてます。最近はこの方法がとても気に入っています。最初、丸い果物が綺麗に半分になったので驚愕しました。

一つが二つになると、うれしさ二倍です。そうだ、フレムもこんな感じで出会ったんです。ドルイドさんと出会った場所で。フレムの最近の楽しみはソラと一緒で崩れる事です。みんな最初は、崩れる事が好きなんですね。可愛いですよ』え～、アイビーもっとわかりやすく頼む」

ドルイドと仲良くやっているという事かと思ったが、フレムの説明だよな？

「難しいですね。丸い果物を半分。一つが二つ……。わからない」

「ここでわかる事は、フレムも崩れスライムだという事だな」

「そうですね。『ソラと一緒』だとありますし。『半分』と『一つが二つに』が重要なんでしょうね。一つが二つ？」

「ソラが二つになったとか？　それはないか」

スライムが分裂したとか聞いた事ないしな。あ～、難しい。

「ないでしょうか？」

「ん？」

「『丸い果物が綺麗に半分』と『一つが二つに』は同じ事を指していると思います。それによってアイビーはかなり驚いた。そしてこの部分で出てくる魔物はソラだけです。ソラが二つに綺麗に半分になった為アイビーはかなり驚いた」

フレムがソラから分裂したスライム？　そんな非常識な事が？

「アイビーが伝える事だけに集中すると、常識からはかなり外れますね」

「そうだな」

今までの常識が覆るな、間違いなく。

「ドルイドと出会った場所で何かが起こり、ソラが分裂してフレムが産まれた?」

ヴェリヴェラの言葉に、何処かで納得している自分がいる。あの、一日持たないと言われている崩れスライムをテイム出来るアイビーだ。常識を忘れたほうが正解に近付けるかもしれないな。

「とりあえず、ドルイドに何かあった様なので探っておきます」

「そうしてくれ。それがわかれば、何か掴めるかもしれないからな」

頭を悩ますだけかもしれないが。まぁ、知る事は大事だからな。

「続きを読むぞ」

こんなに中断する『ふぁっくす』なんて初めてだな。普通はもっとさらっと読めるものなんだが。

「『ドルイドさんの住んでいたオール町で、彼の師匠さんに会いました。師匠さんの仲間にも紹介してもらって、ギルマスさんとも仲良くしていただけました。でも、オール町に行った時は魔物が凶暴化して暴れている時で、ちょっと大変でした』アイビーは、ちょっと巻き込まれすぎだと思うんだが、気のせいか?」

「気のせいではないですね。それにしても、師匠ですか……間違いなくギルドの隠し玉ですね。アイビーと一緒にいるのは」

オール町で師匠と呼ばれる人はたった一人だからな。それにしても、凶暴化した魔物が暴れ回っている時に行ってしまったのか。

「怖かっただろうな。『オール町ではドルイドさんのお父さんと一緒に料理に使うソースを開発したんです。商業ギルドに登録してくれたので、もしよかったら味を確かめてください』すごい事してるな」

「そうですね。今日にでもオール町で登録された新しいソースを調べますね」

「あぁ、『やきおにぎりを作って、皆に配って食料難を解決です』おいおい、本当にすごい事をしてるじゃないか」

「あははは、その事は正直に書けるんですね。そういえば、あの凶暴化の解決に珍しい魔石が利用されたという噂が流れていましたね。それと、かなり強い魔物が手助け……」

ヴェリヴェラが言葉を切って俺を見る。確かに噂が来ていたな。ほとんど人前に姿を見せない魔物が、まるでオール町の人を助けるように現れたって。

「ん～、やっぱりアダンダラか？」

「先を読みましょう」

「考えるのを放棄したな。『オール町の周辺で暴れている凶暴化した魔物は、オール町の冒険者たちの覚悟で解決しました。初めてその覚悟を見て震えてしまいました。ちょこっとですが、大切な仲間の手助けが役立ってくれたので、うれしいです。ギルマスさんも笑ってくれました』ちょこっとね～。何かしでかしてそうだな」

「確かに。今のオール町を探っても、情報は取れないでしょうね。あそこのギルマスは、色々上手ですし。今は師匠が戻ってきているらしいので」

ギルマスと師匠か、無理だな。

「下手な事はしないほうがいいだろうな」

二枚目が終わった。一枚目に続き、色々あったな。人生が濃すぎないか？

「三枚目だ。『仲間が増えたからなのか、旅がかなり楽しくなりました』いいね。『特にシエルの案内で森の中を歩く時は、その先に何があるのかワクワクします』ん？　『シエルはすごいんですよ、色々な洞窟《どうくつ》を見つけて案内してくれます』……もしかして、村道をかなり外れてるのか？」

シエルの案内で森の中って、そういう事か？　洞窟？　洞窟にはかなり凶暴な魔物がいる筈だが。

「『ソラは寝場所を探すのが得意です』……スライムだよな？　えっ？　スライムにそんな能力あるのか？」

「その部分を隠してないという事は、アイビーには当たり前すぎて隠す必要を感じなかったんでしょうね」

あっ、これについては注意しておかないと駄目だな。

「『そうだ、ヘビの魔物は大きくなるとサーペントという魔物になるとドルイドさんに教えてもらいました。すごく大きくて優しくて可愛かったです』何処に突っ込めばいいんだ？」

「ん〜、楽しそうな旅ですね」

「完全に考えるのを放棄しやがったな」

「そのままを受け止める事にしました。難しく考える必要はないですよ。アイビーは楽しそうなんですから」

「まぁ、そうだな。えっと、『アダンダラは大きくてふわふわです！　森で偶然に出会って、テイムして、テイムじゃなくて仲間です』……これ、テイムと書いてしまって慌てて誤魔化そうとしているけど……誤魔化せてないよな」

二枚目までだとちょっと魔物の種類の断定がしづらかったから追加してくれたんだろうけど、最後に全部書いちゃっているな。

「そうですね。予想はしてましたが、アダンダラだと名前が出るとやはり衝撃ですね。伝説の魔物ですから。しかもテイム……テイム！」

そうだ、テイムしたって！

「確かに衝撃だな。俺たちが知っているテイム方法とは違う方法があるという事になるな」

それに、伝説のアダンダラが星なしにテイムされたなんて事が世界に知られたら、誰に目を付けられるかわかったもんじゃないな。この『ふぁっくす』も厳重に管理……いや、燃やしたほうがいいか？　いや、勿体《もったい》ないな。厳重に管理しておこう。

「最後は挨拶《あいさつ》だな。『心配掛けましたが、私は元気に旅を続けています。ラトメ村に行ったら、お礼がしたいです。読んでくれてありがとうございました。アイビー』」

「アイビーの『ふぁっくす』を読む時は、常識という物を忘れないといけないですね。それにしても、最後に名前を出してしまいましたね」

「もうどうやって伝えたらいいのか、わからなくなったんだろう」

脈絡《みゃくらく》がなく「アダンダラは大きくてふわふわです！」だからな。まぁ、不意打ちだから『ふぁっくす』の内容をしっかり読まないかぎりは大丈夫だろう。

「それにしても疲れたな」

「そうですね。ただ『ふぁっくす』を読んだだけなんですが」


「隊長お疲れ様です。報告書は明日までに出しますので」

「あぁ、頼んだぞ」

証拠品の押収も終わったし、急ぎの用事はないな。あっ、昼間に出来なかった書類が残っているか。……面倒くさいな。ヴェリヴェラに半分押し付けられないかな。無理だよな、さすがに。

「しかたない、やるか。あっ、そうだ。アイビーへの返事を書かないと。それにドルイドからも、アイビーのあとに一言あったんだよな。他人に一切興味を示さなかったのにな」

俺の知っている、ドルイドではないという事なんだろうな。まさか「アイビーと共に旅をする事になりましたドルイドです。色々と聞いているでしょうから不安を感じるかもしれませんが、必ず守りますので。アイビーは私にとって恩人であり光なので」なんて書いてくるとはね。恩人とはどういう意味だろうね。光は、生き方を変えるきっかけでもアイビーが与えたかな？　まぁ、想像の域だから正解なのかはわからないが。しかし光か。ふっ、アイビーはいったい何をしたんだろうな。今度会ったら、絶対に訊こう。それにしてもギルドの隠し玉が、旅のお供か。アイビーは、頼もしいお守りを手に入れたな。

「さて、返事を書くか」

椅子に座り『ふぁっくす』の紙を用意する。最初はお礼からだろうな。

「『アイビーへ、気に掛けてもらえたようでうれしいよ。ヴェリヴェラと、心配していたから元気だという便りにとても安心した。それと、旅でいい人たちと巡り合えたようでよかったよ。オール町のドルイドだが……』」

ギルドの隠し玉として有名だと書くべきか？　もしアイビーが知らなかったら？　ん～、書かないほうがいいかな？　二人の問題だろうしな。

「えっと『強いと聞いているから、これからは安心だ』が無難だな。そうだ『アイビー、大まかな話はおそらく理解出来たと思っている。色々工夫してくれてありがとう』……嫌みになってないよな？　言い方を変えるか？　まぁ、大丈夫だろう」

「何をぶつぶつ言っているんです。気持ちが悪いですよ」

「ヴェリヴェラは時々本気でひどいよな」

「自業自得です。それで、あ～手紙の返事ですか。心配しているでしょうから、さっさと送ってあげたほうがいいでしょうね」

確かに、返信が遅かったら、忘れてしまったのかと悲しむかもしれないな。

「ヴェリヴェラも何かアイビーに言う事があったら書くぞ」

俺の言葉に思案するヴェリヴェラ。

「あとで自分で書きますので、いいですか？」

「わかった、なら後で渡すよ。『ソラとシエル、フレムとはとてもいい関係が築《きず》けているようで、特にシエルには驚いた。本当に』魔物の種類には触れないほうがいいよな」

「そのほうがいいでしょうね」

ヴェリヴェラを見ると、俺が処理するべき書類を少し持っていってくれた。助かるが、もう少し持って行ってほしかった。机の上に積みあがっている書類を見る。本当に、うんざりするぐらいある。

「『ふぁっくす』を早急に仕上げて、書類に取り掛かってくださいね。早急に！」

「わかった」

逃げられそうにないな。あとは何を書こうかな。あっ、そうだ。

「『ソラは寝床を探すのが得意らしいが、珍しい特技だな。初めて聞いたよ』これで気付くだろう。

アイビーがわからなくても、ドルイドが」

まぁ、名前だけなら問題ないが、ソラがスライムとわかる部分は隠したほうがいい事だからな。

「『森を自由に歩き回っているようだが気をつけるように。かなり凶暴な魔物もいる』これって隠さなくていい事か？」

「まぁ、それぐらいなら大丈夫でしょう。これからも、きっとそんな内容になるでしょうし」

確かに、シエルが案内する森を楽しんでいるみたいだからな。きっとこれからも、村道を逸れて森の中を歩き回るだろう。

「そうだ、オトルワ町の犯罪組織の件を調べたんですが」

「あぁ、アイビーの『ふぁっくす』ではほとんど触れてなかった町の事か。書かなかった理由を知りたいんだが、何かわかったか？」

「幼い子供が狙われて、オトルワ町の上位冒険者二チームがその子を守りながら領主と一緒に犯罪組織を潰したそうです。噂ですが、組織に狙われた子供が囮《おとり》になっていたとか」

「……その囮、まさかアイビーか」

「えぇ、知り合いを脅し……ちょっと協力してもらって調べましたが、間違いなくアイビーですね」

ヴェリヴェラは、相変わらず情報を集めるのが上手いな。

「そいつからアイビーの名前が出たのか？」

もしそうなら、もっと上手く隠す必要がある。彼女の存在は、俺が思っていたより危うい気がする。

「いえ、背格好ぐらいですよ。それに男の子だと思われていますから、その辺りは大丈夫でしょう」

「そうか」

星なしという珍しい存在なんだ、あの連中に目を付けられるわけには……。ん、待てよ。アイビーは自分のスキルを知っていたし、星なしだとも知っていた。つまり教会で調べた。そうだとすると、連中にアイビーの事が知られている可能性がある。いや、だがおかしい。もし連中が知っていたら、既にアイビーは連れ去られている筈だ。

「ラトミ村の教会の連中は信用出来たりするか？」

「隊長、頭の中が腐りました？」

「おい。何で、そうなるんだ」

「馬鹿な質問をするからです。教会の連中は誰一人信用する事は出来ませんよ。なぜです？」

「アイビーは自分のスキルが星なしだという事を知っていた。つまり教会でスキルを調べたという事だ」

「確かにそうなりますね。でも、アイビーは捕まっていない。連中にとって、星なしはいらなかった？」

珍しいモノを何でも集めるあの連中が、星なしをいらない？　いや、何でも集める奴らだ。他に何か理由がある様な気がする。

「教会……あれ、ラトミ村の教会……確か、数年前に司教と連絡がつかなくなったと言って、この村の司教が調べに行きませんでしたか？　忽然《こつぜん》と司教が消えたと結構な噂になってましたよ」

司教が消えた？　あぁ、そういえばあったな、そんな事が。あれはいつの事だったかな確か……。

「四年前だな。司教が消えたのは。アイビーは七歳ぐらいだろうから、関係ないか」

「いえ、アイビーは今九歳ですよ。だから消えた司教がアイビーのスキルを見た可能性が高いです」

「九歳？　あの見た目で？」

「ラトミ村の村長がギルドに依頼を出した時に、彼女の年齢を調べました。間違いなくあの大きさでも九歳です。きっと満足に食べられなかったんでしょうね」

きっとそうだな。九歳と言われても、違和感しかない。

「『体をつくるのは基本食べる事だ、しっかり食べるように』これで良し」

「……思い付きで書くのは駄目ですよ。読んだアイビーが困ります」

「大丈夫だろう。それにしても消えた司教は偶然なのか？」

「さぁ、どうでしょうね」

興味がなさそうだな。

「気にならないのか？」

「まぁ、少し気にはなりますが、特に調べようとは思いませんね」

まぁ、確かにそうだな。その結果、アイビーが捕まらずに済んだわけだし。しかし故意の場合は、目的は何だったんだろうな。

「『ふぁっくす』、書きました？」

「まだだ。『オトルワ町の事だが、だいたい把握している。無事でよかった。そしておめでとう』こう、書いておけば色々知っていると伝わるだろう。『オール町でも大変だったようだが、いい人に巡り合えてよかったな。ソースについては、興味があるから買ってみるよ』あとは俺たちの事でいいか『俺とヴェリヴェラは、相変わらず元気だ。仕事が溜まって、面倒くさいよ。代わりにやってくれる人がほしい』」

「いったい何を書いているんですか！」

「ん？　現状？」

「はぁ～、もういいですか？」

「あ～『また会える日を楽しみにしている。ドルイド、色々話は聞いているが、君がアイビーの旅のお供でうれしく思う。会ったら一緒に飲もう』こんなもんだろう」

「無難ですね。まぁ、そんなもんですね」

『ふぁっくす』の紙をヴェリヴェラに渡す。

「何を書くんだ？」

「特には。元気だと知らせるだけですよ。『お久しぶりです。隊長ともども、いつもと変わりなく過ごしております。何も気にせず元気な姿を見せに来てくださいね。待っています』……九歳の女の子に手紙を書くのは初めてです。書き出すと何を書いていいのか迷いますね」

「そうなんだよ。結構難しいんだよ」

「えぇ。実感しました」

ヴェリヴェラから『ふぁっくす』の紙が戻ってくる。今日の帰りにでも、送信しておこう。

「そうだ、犯罪組織を潰すのに関わった領主ってフォロンダ様か？」

「えぇ、そうですが。あの方でよかったですよ」

ラトミ村の現状はよくない。このまままいけば潰れる可能性が出てきている。あの村には、アイビーが星なしだと知っている人物がいる筈だ。彼女の事を隠すなら、貴族の協力が必要だ。連絡を取ってみるか。オトルワ町の連中と、つながっておくのも悪くないな。


―ラットルア視点―


『ふぁっくす』を受け取って、冒険者ギルドの会議室へ向かう。会議室の扉を二回叩いて開けると、既に俺以外の仲間は集まっていた。

「ラットルア、遅いぞ」

リーダーであるセイゼルクが少し不機嫌な声を出すが、まったく気にならない。今は、手の中の『ふぁっくす』が気になってしかたない。

「何かいい事でもあったのか？」

シファルの言葉に、顔に手を当てる。そんなに表情に出てたか？

「ラットルア？」

ヌーガが心配そうに俺の名前を呼ぶ。

「大丈夫。ここに来る前にギルドの職員に呼び止められて、『ふぁっくす』を渡されたんだ。アイビーからだった」

「「…………」」

「……アイビーはなんて？」

セイゼルクとヌーガが、驚いた表情で俺を凝視する。それはそうだよな。お金が掛かるから、あえてアイビーに教えなかったんだから。すっごく、知らせたかったけど。アイビーに『ふぁっくす』を教えた奴、いい仕事をしてくれた。ありがとう。

「まだ、読んでいない」

「そうか、だったらすぐに読もう。というか読め！」

シファルが、『にっこり』と音が付きそうな笑顔を見せる。

「仕事の話し合いは――」

「アイビーからの『ふぁっくす』を読んだあとで、チャチャっと終わらせればいいよ」

いや、結構上からの重要な依頼だからって、わざわざ会議室を借りたんじゃなかったか？　セイゼルクを見ると、彼も俺が持っている『ふぁっくす』を見ている。まぁ、いいか。

「一とおり読むな」

「あぁ、そうしてくれ」

ヌーガも気になるのか、異論はないようだ。

「えっと『ラットルアさん、お久しぶりです。元気に旅を続けています、アイビーです。ラットルアさんたちはお元気ですか？』相変わらず丁寧だな。『私は今、ハタウ村にお邪魔しています。そして一人ではありません。奴隷《どれい》の紹介状を貰ったのですが、旅の道中でとてもいい人に出会う事が出来、その方と一緒に旅を始めました。その方はオール町のドルイドさんという方です。とても優しく、誠実な人なので安心してください』ん？　ドルイド？」

「一人でないという所で喜んだんですが、オール町のドルイドって……彼の事ですかね？」

シファルが複雑な表情を見せる。セイゼルクも何とも言えない表情をしている。

「前に一緒に仕事をこなした事があったよな？」

ヌーガの言葉に頷く。薬の密売の取引現場を押さえる仕事だった。冒険者ギルドに裏切り者が出た、少し大きな事件。その時に一緒に仕事をしたのだが、とにかく容赦《ようしゃ》がなかった。特に裏切り者には本当に。間近で見ていたセイゼルクの顔色が、少し悪くなっていたから相当だと思う。

「優しくて誠実なんて、俺たちの知っているドルイドとは真逆だな」

セイゼルクの言葉に苦笑が浮かぶ。確かにそのとおり。俺たちが知っているドルイドは、他人に興味がなく、仕事は完璧だが慈悲《じひ》などひとかけらもない人物だ。アイビーが書いてきた様な人物とはまったく異なる。あとで少し調べるか。

「ラットルア続きを頼む」

「あぁ。『今は事情があり冒険者ではありませんが、とても強いのでシファルさんも安心してくれると思います。シファルさんに、紹介状の事を謝っておいてください。わざわざ書いてもらったのに、無駄にしてしまってごめんなさい』と」

オール町で強い冒険者でなくドルイドという名前。思い当たる人物は、やっぱり一人しかいないな。

「別に紹介状など気にする必要はないですが。もしギルドの隠し玉が旅の相棒なら、ある意味最強の守りでしょうかね？　彼なら経験も充分にありますし、人の本性を見抜く力もあるでしょう」

シファルは、俺たちと仕事をした事がある、ドルイドで納得したらしい。まぁ、俺もほぼ間違いないだろうなとは思っているが。

「続けるぞ。『ドルイドさんとはオール町へ向かう時に出会いました。出会った時は魔物に襲われて大怪我を負っていたのですが、仲間ががんばってくれました。実はその時に、新しい仲間が増えました。フレムというスライムです。何とソラみたいに綺麗な、赤のスライムです。それとご報告なんですが、ソラが青一色のスライムになりました。驚きですよね。私、すごく驚いたんです。ドルイドさんもかなり驚いたみたいです。すごい事みたいですよ。今、フレムの得意技は横に伸びる崩れた格好です。まるで最初の頃のソラの様に、のびのびしています。そして寝るのが大好きすぎて、ちょっと困ってます。ソラと同じ性格なのかと思ったら、まったく違いました。でも、可愛いです』」

「「「…………」」」

もう一度、一枚目の『ふぁっくす』を上からざっと読む。何だろう、何か違和感を覚える。

「新しいスライムの仲間が出来たのはいい事ですよね。でも、何でしょう？　何か……」

シファルが首を傾げる。

「あっ、ソラの体の色が一色になって。そういえば無駄に驚いたという言葉が連呼されていますね」

「待て」

ヌーガの言葉に全員が視線を向けると、ヌーガはマジックバッグからマジックアイテムを取り出している所だった。そして俺たちの真ん中にあるテーブルにマジックアイテムを出すとボタンを押した。

「悪いな。助かる」

セイゼルクがマジックアイテムを見て苦笑を浮かべた。ヌーガが取り出したマジックアイテムは、声が周辺に漏れないようにする物。アイビーと一緒の時に活躍した物だ。

「まさか、『ふぁっくす』を読むだけでそれが必要となるとは、さすがアイビーですね」

「シファル。楽しそうだな」

「えぇ」

シファルの言葉にセイゼルクが疲れた表情をする。

「それより、続き読む？」

「いや、気になって続きが頭に入らないから、もう一度さっきの部分を読んでくれ」

ヌーガの言葉に、ドルイドとの出会いの部分を再度読む。やはりおかしいと感じる。

「ソラはもともと青と赤が少し混じった二色のスライムですよね。それが青の一色に変化した」

「そして、新しい仲間のスライムは赤のスライム？」

シファルの言葉のあとに、セイゼルクが気になった言葉を続ける。一つの可能性が頭に浮かぶ。

だが、そんな事は聞いた事がない。だから違うと思うのだが……。

「ありえない事が起きたって事でしょうね。だから、『驚いた』という言葉を繰り返した。それに冒険者だったドルイドですら驚いた事。すごい事。ソラがスライムを産んだ？　ん〜、産んだというより、赤い部分が分離した？　そんな感じでしょうかね？」

シファルが一人、納得した様に頷く。

「ありえると思うか？」

ヌーガがセイゼルクに確かめる。

「俺に訊かれてもな。今までの知識を当てはめるなら『ない』だ。だがな、アイビーとソラだからな。あの子たちが関わっているとなると、それもあるかもしれないと考えてしまう」

セイゼルクの言葉に、全員が笑ってしまう。そうなんだよな。あのアイビーとソラなんだよ。なぜか、こう思うと納得してしまうから不思議だ。

「そういえば、オール町って少し前まで凶暴化した魔物の事が問題になっていなかったか？」

セイゼルクの言葉に慌てて二枚目を読む。

「『オール町の事は既に噂で聞いていると思いますが、私がオール町を訪れた時は、ちょうど凶暴化した魔物が問題になっている時でした』完全に巻き込まれていたな」

「さすが、アイビー。また巻き込まれちゃったのかな？」

シファルが苦笑を浮かべる。セイゼルクも何処か困った表情を浮かべている。

「続き読むぞ『目の前で凶暴化した魔物も見ました。ちょっと怖かったですが、ドルイドさんとシエルが守ってくれました。シエルは強いと聞いていたのですが、初めて実感しました。本当に強いですね。その事でちょっと困った事が起きましたが、ギルマスさんに助けていただきました。オール町のギルマスさんはドルイドさんと親しかった為、私にもとても親切にしてくれました。ただ、二回目は頭を抱えてましたが……』次は何をしたんだ？」

シエルの強さを実感？

「凶暴化した魔物と、思いっきり戦いでもしたかな？　アダンダラは戦闘狂だから」

あぁ、それはありえそうだな。本気で戦っているアダンダラか、俺も見てみたいな。

「『二回目は頭を抱えてました』という事は二回、シエルは凶暴化した魔物相手に大暴れしたという事か。アダンダラは戦闘狂と言われるほど、戦いが好きだから。容赦なく襲ってきた魔物すべてを返り討ちにしただろうな」

「見てみたいな」

セイゼルクの言葉にヌーガが羨《うらや》ましそうに言う。

「確かに、一度でいいからアダンダラの本気の戦いを見てみたいな」

俺の言葉に全員が頷く。知能も戦闘能力も高いと言われている上位魔物の本気で戦う姿。アイビーは本気のシエルを見たんだろうか？　羨ましいな。

「興味がなかったから聞き流していたけど、オール町の問題の解決に上位魔物が関わっているという噂があったよね。あれはシエルの事だったという事か」

シファルの言葉に、セイゼルクが頷く。

「そういう事だったんだな。他に何が書いてあるんだ？」

全員が、俺が持っている『ふぁっくす』に視線を向ける。

「ラットルア、続きを読んでくれ」

ヌーガに促《うなが》されて『ふぁっくす』を見る。

「『ラットルアさんはこめを食べた事がありますか？　私にとっては、親しみのある食材なのですが、残念ながら家畜のエサとして有名です。でも、どうしてもこめが食べたくなって、オール町で探して買いました。偶然なんですが、こめを購入したお店の店主さんがドルイドさんのお父さんでした。あとでその事実を知って、本当に驚きました』すごい偶然だな。『ドルイドさんのお父さんと知り合った事で、ソース作りに初挑戦しました。うれしい事に、オール町のソースの一つとして登録されたんです。もしよければ、焼きおにぎりに挑戦してほしいです。こめを炊いて、丸めてギュッと握ってソースをぬって焼くだけです。ソースを購入すると、作り方を記した紙が一緒にもらえます。器用なシファルさんだったら、簡単に作れると思います。おいしい焼きおにぎりのコツは、力を込めてギュッと握らない事です。焼きおにぎりがオール町で広がってくれたので、食料問題が解決出来たとドルイドさんのお父さんが喜んでいました』食料問題って確か、ここ数年問題になっていたあれか？　この町からも少しだが援助していたよな？」

人が急激に増えた事で起こった食料不足だったよな。少しずつ改善してた筈だが……魔物が暴れた事で物資が届いてなかったのか？

「その筈だが……俺たちは関わってないからよくわからないな」

セイゼルクが手を差し出すので、一枚目と二枚目の『ふぁっくす』を渡す。ざっと目を通して、何度か頷いていた。

「しかし、すごいな。こめを食べたくなるように料理するとは」

ヌーガの言うとおり、これはすごい事だ。こめは家畜のエサとして有名すぎて、食料とする事に嫌悪感を持つ者があまりにも多かった。その為食料不足に備えて、こめを食料として普及させようとしても大失敗。それが、まだオール町だけだが、広める事に成功したとは。商人や冒険者たちを介して広がっていくだろうな。というか、商人がこんな旨い話を見逃す筈がない。しばらくすれば、どの町や村でもこめを食べる様になるだろうな。

「それにしても気になるな、この焼きおにぎり。こめを炊いて握ってソースをぬって……シファル、作れそうか？」

「セイゼルクは自分で作るとは言わないんだよね。まぁ、作れない事はないだろうが……」

「手伝うよ」

「ラットルアは絶対に手を出すな。こめの団子が出来上がりそうだ」

セイゼルクの言葉にむっとするが、そうなる未来が想像出来るのでこれ以上は何も言わないほうがよさそうだ。

「それにしてもソースはいいですね。アイビーに継続的な収入が出来た事になる」

シファルの言うとおり、ソースが売れれば継続的な収入になる。

「三枚目だな。『オール町では色々知らない事を一杯勉強出来ました。魔石を使い切ると道端に転がっている様な石になるんですね。捨て場でその石を沢山見ました。本当に石にしか見えなかったです。しかも、石に見える魔石に魔力を注ぐと元の魔石に戻るんですね。濃度の高い魔力を持った人しか、石を魔石に戻せないという事も知りました。私は、まだまだ知らない事だらけですね。フレムもきっとそんな事は知らないいんだろうなと思います。ラットルアさんは、石から戻った魔石を見た事がありますか？　きっと綺麗なんでしょうね。とっても「見たい」と思います。そうだ、ラットルアさんはスライムの能力をすべて知ってますか？　ドルイドさんも知らない能力があるそうです。フレムのこれからにドキドキです』……何か伝えたいみたいだが、一回読むくらいだと解読出来ないな」

「ふふっ。アイビーは本当におもしろいな。それと、絶対に外に漏らしては駄目な情報が含まれてるよ、これ」

シファルが少し困った表情をしている。もしかして、アイビーの言いたい事が伝わったんだろうか？

「シファル、もう理解出来たのか？」

「それほど難しくないから、すぐにわかる筈だ。というか、アイビー考えすぎて疲れちゃったみたいだね」

魔石について……使い切った魔石が石の様になる事と、その魔石を元に戻す方法を知ったという事だよな。そういえば、どうしてここでフレムが出てくるんだ？　他に気になるのは、ドルイドも知らない能力という所だな。それに、どうして綺麗だと思ったんだ？　見たい……スライムの能力？

「フレムが石になった魔石を元に戻した、とか？」

セイゼルクの言葉に眉間《みけん》に皺《しわ》が寄る。そんな事があるか？　いや、ソラからフレムが産まれた様に、ありえない事を起こすのがアイビーたちだ。

「あっ！」

「セイゼルク煩い」

「あぁ、悪い。それより上位魔物の他にもオール町から来る噂に魔石の事があったのを覚えているか？」

噂？　確か……魔物の凶暴化を解決するのに魔石が使われたとか、奇跡のポーションを持っている者がいたとか……だった筈。ありえない噂だと思ったけど……もしこの魔石が、フレムが元に戻した魔石だったら？　それに奇跡のポーション。『ふぁっくす』に書かれてはないけど、これももしかしたら……。

「オール町の噂に、アイビーの名前は挙がってないよな？」

俺の言葉にセイゼルクが頷く。

「大丈夫だ。だが不安だから、もう少し詳しく調べてみる。あちらのギルマスが上手く隠してくれていればいいが……」

「そういえば、『ふぁっくす』はそれで全部か？」

ヌーガの言葉に首を横に振る。

「まだあと少しある。『長くなってしまってごめんなさい。私もドルイドさんも仲間たちも、皆すごく元気です。そうだ、身長も髪の毛もちょっと伸びました。それと、少し太ったみたいです。ドルイドさんが問題ないと言っているので、たぶん大丈夫です。皆に、また会える日を楽しみにしています』。この太ったって、もともと痩《や》せすぎていたからな。普通になったって事だろうな」

栄養失調になっていないか調べてもらおうと思ったら、思いっきり拒否されたなぁ。

「それと『お久しぶりです。オール町のドルイドです。「炎の剣」とは以前に仕事をした事があるかと思います。以前の俺を知っているので不安でしょうが、何があっても守りますのでご安心ください』とわざわざ追加で書かれてる」

俺の最後の言葉に、セイゼルクが驚く。

「俺たちの知っている彼とはまるで別人みたいだな。誰かを気遣《きづか》う事をするなんて。彼を変えるとは、アイビーはすごいな」

うれしそうにシファルが笑う。

「それにしても、この町で犯罪組織に狙われて、オール町で魔物の問題に巻き込まれて。アイビーらな」

には何かあるのか？　嫌な感じだ」

セイゼルクが眉間に皺を寄せる。

「それにその度にポーションや魔石を使っていたら、やばい連中に目を付けられるかもしれないな。シエルの事やソラたちの事もある。守りがドルイドだけでは少し不安だ。貴族連中には屑《くず》が多いからな」

確かにヌーガの言う事も考えないと駄目だろうな。

「フォロンダ領主を巻き込もうか。彼はアイビーの事を気に入っているし」

確かに彼なら力になってくれるだろうが……大丈夫か？

「俺と契約でも交わしてもらおうかな。馬鹿な貴族ではないが、もしもの事があるし」

はっ？　全員がシファルを見る。

「ん？　何？」

シファルは俺たちを不思議そうに見つめる。

「いや、契約って……フォロンダ領主と？」

「そうだけど。何？」

そういえば、シファルは気に入った者を守る為なら何でもしたな。最近は守りたいと思う者がいないみたいで、その性格を忘れていたが。

「久々に、全力で生きている子を見たんだ。応援したくなるのは当たり前だろう？」

全力か。確かに、応援というか出来る事があったらやってあげたくなるんだよな。

「フォロンダ領主には俺から連絡しておく。契約の事は言わないで、会った時に判断しよう」

セイゼルクの言葉に、シファルがしかたないという表情をする。

「さて、疲れたな。飯でも食いに行くか？」

セイゼルクの言葉に、椅子から立ちあがって背を伸ばす。あれ？　今日って何でわざわざここに集まったんだっけ？

「仕事の話はいいのか？」

シファルの言葉に溜め息が出る。忘れていた。

「あ～、飯を食いながらでいいだろ」

「いいのか？」

ヌーガの言葉に、セイゼルクが嫌そうに頷く。

「面倒くさい王族からの、どうでもいい依頼だ。依頼を見る前にこの部屋を押さえたが、必要なかった」

「継承争いをしている王子からの依頼って事か。確かにどうでもいいな」

シファルが椅子から立ちあがる。なるほど、名前が売れた冒険者を取り込む為の依頼か。

「王位継承争いは賑やかになってきているな」

アイビーが巻き込まれなければいいけど。

「は～、疲れた」

冒険者ギルドの簡易休憩場所に置かれている椅子に腰を下ろす。王子の依頼だか何だか知らないが、本当に面倒くさい仕事だった。何せ、オトルワ町の中での護衛なのだから。犯罪組織が捕まった今のオトルワ町は、犯罪者が一掃されてかなり安全なのにだ。しかも守るのは王都から来た貴族。彼らは独自で護衛を引き連れている。なのに、『自分の護衛たちだけでは不安だから、お前たちも護衛をしてくれ』だと。

「一〇人も護衛をつけて何が不安だ。くそが。しかも断れない様に王子の名前で依頼してくるしな」

まぁ、本当の目的は俺たちを王子側につくよう懐柔《かいじゅう》する事。だから、断れないようにしたんだろうが。しかも、懐柔するには話す必要がある為、護衛する場所は貴族の傍《そば》。この二日、本当に地獄《じごく》だった。護衛の日数を引き延ばそうとした貴族を見るシファルの表情がすごかったな。今思い出しただけで、寒気が……。あれ？　そういえば、貴族の名前って何だっけ？　……忘れたというより、最初から覚えてないな、これ。

「あ～もういいや。それより、アイビーへの返事がようやく書ける」

護衛の仕事でささくれ立っていたから、書くのをやめてたんだよな。そのせいで二日も返事が書けなかった。

「さてと、何を書こうかな」

気持ちを切り替えて、貰った『ふぁっくす』の紙を机の上に置く。

「まずは『久しぶりだな。元気そうで安心した。それと仲間が出来たと聞いてうれしかった。オール町のドルイド』……呼び捨てで問題ないよな？　さん付け？」

周りを見るが、仲間の姿はまだない。残念。

「手紙なんて書かないからどうするのがいいんだ？　いいか、いつもどおりで『オール町のドルイドとは一度だけだが一緒に仕事をした事がある。彼はかなり強いので心強いよ。いい人と』俺が知っているドルイドは、決していい人ではないよな。このいい人はやめよう。『一緒に旅が出来る人と会えてよかったな。シファルが渡した紹介状の事は気にしなくていい。シファルも気にしていないから』と」

あとはこちらの近況を書けばいいかな。あっ、その前に、

「『太ったと書いてあったけど、もともとが痩せすぎ。だからドルイドが問題ないと判断しているならそのままで大丈夫だと思うよ。だから、気にせずしっかり食事をする様に！　体の基本は食べる事、寝る事だからな！』ほっとくと、簡単な食事で済ませてしまっていたからね」

一人で食事をしている所を見た事があったが、あれには驚いた。干し肉一枚、果物一個で終わるんだから。俺たちに料理を作ってくれていたから、まさか一人の時があんな状態だとは考えもしなかった。お金の心配があった為なんだろうが、旅を続けるならあれでは駄目だとシファルと色々がんばったよな。まぁ、アイビーの料理はうまかったから俺たちもおいしい思いをしたけど。

「そうだ『アイビーが作ったソースで焼きおにぎりをシファルが作ってくれた。俺が手伝うと言ったら、すごく反対されたので残念だ。そうそう、おにぎりの形なんだが三角にはなっていなかった。丸い団子の様な出来上がりで、シファルが言うには、三角にするのは難しかったそうだ。悔しがっ

ていたので、今度オトルワ町に来た時には教えてやってくれ。俺にも頼むな。味はおいしかった。周りの奴らも最初は驚いていたが、気に入ってくれていたよ』何せ必要経費として貴族の金で多めに買って配ったからな」

シファルはシファルで、焼きおにぎりを作って貴族の護衛たちやメイドたちに配って宣伝してたな。上手くいった様で、護衛やメイドの中にソースを買いに行っている者たちがいた。微々たるものだが、少しずつ広がっていくだろう。

「あとは『フレムという、新しい仲間が増えたんだな。きっとアイビーの事だからいい関係が築けているだろう。よかったな』」

フレムについてはあまり触れないほうがいいか？　魔石の事は絶対に触れないほうがいいだろうな。

「『ふぁっくす』って何気に難しいな」

また会う時に詳しく聞けばいいし、誰が読んでも大丈夫な様にしておくか。そうなると、俺たちの事を書くか。

「まずはセイゼルクか『ここ最近の出来事だが、セイゼルクがまた振られた。人気があるのに、振られる確率が高い、これはきっと性格に問題があるんだろうな。可哀そうに。振られるたびに酒を飲んで絡んでくるのは、やめてほしいよ。シファルは、一〇日ほど前から女性とまた同棲《どうせい》を始めたみたいだ。今度はどれくらい続くか、セイゼルクと賭《か》けをしている。俺は三ヶ月。セイゼルクは一年。たまたま賭けを知ったボロルダと、リックベルトは半年と賭けた。賭けで勝ったらオトルワ町で一番高い酒を奢ってもらう約束だ。三ヶ月でとっとと別れてくれないかな？　すごく期待しているんだ。自分では絶対に買わない酒だから。という事でアイビーも、三ヶ月で別れるように祈っておいてくれ』よしっ！」

そうだ、あとはヌーガだな。

「『ヌーガだが、この間、魔物の一匹食いというのに挑戦して二日寝込んでいた。心配はいらない。ただの食べすぎなんだけど、さすがにセイゼルクに怒られていた。まぁ、懲りた様子はまったくなかったから心配はいらないよ』あの時は、さすがの俺たちも驚いたもんな。いきなり倒れて、原因が食べすぎとか」

「アイビーに何を暴露してんだ。ラットルア！」

いきなり後ろから声が聞こえて、肩が跳ね上がる。『ふぁっくす』に集中しすぎていたらしい。

「暴露って、本当の事だろう？　セイゼルクは終わったのか？」

「あぁ、ギルマスに報告は済んだ。あと、二度とこんな馬鹿な仕事を入れるなって言っておいた」

ギルマスが悪いわけではないんだけどな。

「それより、ドルイドの情報が入ったぞ。怪我の事を気にしていただろう？」

さすが、仕事が早い。

「あぁ、大怪我と書いてあったからな」

「右腕を魔物に食われたそうだ」

右腕がないのか？　そんな大怪我だったのか。

「それと、その時にたまたま居合わせた子供がドルイドを助けたらしいんだが、奇跡が起こったそうだぞ」

子供はおそらくアイビーの事だろうな。

「奇跡？」

ソラの事がばれたのか？

「子供の話では混乱して、何をすればいいのかわからず、近くにあったポーションを種類を考えずにすべてドルイドに使ったらしい」

「はっ？」

混乱？　アイビーが？

「ポーションを組み合わせると不思議な作用があるって聞いた事があるだろ？」

「聞いた事はあるが、そんな事が本当にあるのか疑問視されているだろ？」

「そう。だが、今回はその不思議な作用が起こったらしい。だから奇跡だと」

セイゼルクが肩を竦《すく》める。つまり、誰かが意図的にそういう事にしたという事か。おそらくアイビーとドルイドだろうな。ここは周りに人がいるから、ソラたちの事は話せないな。

「そうか。すごい事が起こったんだな」

おそらく怪我を治したのはソラだろうな。アイビーもすごい治療力だと言っていたし。アイビーだけではなく、ドルイドにとってもいい出会いとなったのかもしれないな。

「それより、性格に問題があるとか、可哀そうって何だ？」

セイゼルクが『ふぁっくす』を読み終わると、睨みつけてくる。

「素直な感想をアイビーに伝えただけだ。これでも抑えた表現なんだが」

もっと色々やらかしているからな。俺の言葉に、少し嫌そうな表情をしたセイゼルクは何かを考えると、何処かへ行ってしまう。姿を追うと、『ふぁっくす』の紙を貰っていた。どうも、セイゼルクはセイゼルクでアイビーに返事を出すようだ。絶対に何か余計な事を書くつもりだな、あれは。

あとで絶対に読んでやる。

451話　洞窟の中の魔物

「お父さん、あれはいいの？　危なくないの？」

「ぷ～！」

「りゅ～！」

「……ふ」

視線の先には三匹のスライムと動く木の根。一見、うようよ動く木の根がソラたちを襲っている様に見えるけど、実際は遊んでいる。シエルも特に警戒する事なく、ただ遊んでいる姿を見つめているだけ。助けに行こうとしていないので、きっと大丈夫なんだと思う。でも、木の魔物は襲われた経験がある為、ちょっと怖い。

「あ～、洞窟の中をはい回る木の魔物なんだけど……あんな姿を見たのは初めてなんだよな。どうなっているんだ？」

「ぷ～！」

「……ふ」

「りゅ～！」

うようよ動く木の根を滑り降りたり、よじ登ったり。動く根っこを受け止めたり、転がされたり……かなり楽しんでいるのが見ていてわかる。

「そうなんだ」

お父さんでも知らないのか……まぁ、ソラたちの様子から大丈夫だとは思うけど。襲ってきた木の魔物と、洞窟にいる木の魔物は別の種類って事なのかな？

「どうした？」

「前にね。木の魔物に襲われて大怪我負った事があるから、ちょっと……」

ソラたちの遊ぶ姿を見ていると大丈夫だと思うんだけど、近付けない。

「襲われた事があるのか？」

「うん。ソラがいなかったら死んでいたと思う」

「そんな大怪我を？」

お父さんがかなり驚いた表情で私を見る。

「うん。その時に初めてソラの能力を知ったから」

あの日から、私がソラへ向ける気持ちは色々と変わった。それまでは、「私が守らなくちゃ死んじゃう」という思いが強かった。それが、あの日からは違う。お互いに守りあっていく存在なんだと思えた。今は守られているなと思う。ポンと頭に乗る温かさに笑みが浮かぶ。

「そうだ。洞窟の木の魔物と外にいる木の魔物とは種類が違うの？」

まぁ、襲ってこないんだから違うんだろうけど。

「一緒の筈だ」

そうか、一緒……？

「一緒なの？　えっ？　でも」

視線の先には、さっきより多くの木の根がソラたちと遊んでいる。

「増えてる」

「そうだな。木の魔物は一種類しかいないと言われているから、アイビーを襲った木の魔物とソラたちと遊んでいる木の魔物の種類は同じ筈だ」

「洞窟にいるから、変わったとか？」

「いや、洞窟で警戒する魔物の一種類が木の魔物だ。音もなく近づいて襲ってくる事で有名だからな」

お父さんの言葉に、そっと二人で後ろを確認する。同じ行動をしたお父さんと視線が合うと、二人で苦笑を浮かべた。

「いないね」

「いなかったな」

よかった。

「ぷっぷ～」

「ぺふっふ～」

　ソラとソルが木の根の先にくるくると巻き付かれ、ポイっと放り投げられた。綺麗に着地すると、楽しかった様ですぐに木の魔物に近付いて、プルプルと震えて訴え掛けている。木の根はそれに気付くと、再度ソラたちをくるくるっと木の根の先で包み込んだ。

「面倒見のいい木の魔物か」

「そうだね。あっ、また行った。気に入ると何度も何度もさせられるんだけど、大丈夫かな？」

　途中で木の魔物が怒ったりしないかな？　やっぱりちょっと不安だから、すぐに動ける様にしておこう。

「それにしてもこの洞窟はすごいな。あんなに守り石が岩にびっしりだ」

　お父さんの視線の先には宝石に守りの魔力が宿った特別な石がある。洞窟でたまに見つかる守り石なのだが、この洞窟の木の根がいた場所には沢山あった。それも色とりどりの守り石が。

「こんなに色々な色があるんだね。あっ、金色だ。こっちは紫。色が混ざっているのもあるよ」

　私が守り石を指すと、お父さんの視線が順番に追っていく。

「色が混ざっているのは珍しいな」

　そうなんだ。

「ぷ～」

　少し大きなソラの声。慌てて視線を向けると、木の魔物の本体になるのかちょっと不明だが木の魔物の顔が洞窟の岩から出てきた。

「洞窟の中で、木の魔物の本体を見るのは初めてだな」

お父さんが少し警戒して、剣に手をかける。その様子を見て、少し緊張感が増す。

「……………大丈夫か」

「そうみたいだね」

視線の先では、木の魔物の本体に飛び乗るソラ、フレム。ソルは飛び乗ろうとして、本体の枝にぶつかって地面に転がった。

「ソルが失敗するなんて初めて」

「確かに。ソルは、何でもそつなくこなす印象があるな」

テイムしてから、何となく前よりもっと近くにソルの存在を感じる。それはすごくうれしい事なんだけど、同時になぜか抜けている印象も増えた。なぜだろう？

「ん？　こっちに近付いてないか？」

お父さんの視線の先にいる木の魔物が、ずずっと私たちのほうへ近づいて来る。ソラたちの様子から、何度も大丈夫だと確認するけど、やっぱりちょっと怖い。

「ぎゃう」

体をくねっと小さく右に傾ける木の魔物。

「「…………」」

なぜか、挨拶をされた様な気がしたので軽く頭を下げてみる。すると目の前の木の魔物が体を上下に動かす。喜んでいる様に見えるが、上下に動くたびに洞窟がぴしっ、ぴしっと音を立てるので、背中がひやりとする。

「お父さん、洞窟が崩れたりしないですよね？」

何となく丁寧な言葉になってしまう。

「たぶん、大丈夫」

「ぎゃう？」

ん？　何か疑問に思う事があったようだけど、さすがにわからない。

「ごめんね。何を伝えたいのかわからない」

何となく目の前にいる木の魔物が可愛く見えてくる。おかしいな。さっきまで怖いという印象が強かったのに……。

「ぎゃぎゃ」

木の魔物が一本の枝をすっと私の前に持ってくるので、さっと掴んでしまった。

「あっ」

とっさの事だったので掴んだけど、大丈夫だろうか？　目の前の木の魔物を見ると、くねくねしていた。

「おもしろいな」

「うん。何だか可愛く見えてきた」

「それは違う」

なぜかお父さんにすぐ否定された。可愛いと思うんだけどな。いまだにくねくねしている木の魔物は。

「ぎゃ！」

ぴたりと止まった木の魔物は、枝を守り石のほうへ伸ばしてバキバキと岩から守り石を採ってしまう。そしてそれを私とお父さんの前に持ってきた。

「ぎゃっ」

目の前にある色とりどりの守り石。どうぞという様にずいっと前に持ってくる木の魔物。

「えっと、悪いしいいよ」

遠慮してみるが、グイっと枝がもっと体の近くまで来る。これって絶対に受け取らないと諦めないって感じかな？

「ありがとう」

隣でお父さんがお礼を言うのが聞こえた。視線を向けると、枝から守り石を貰っている。

「アイビー、せっかくだから貰っておこう。マジックボックスにはまだ余裕があるし」

あっ、やっぱりマジックボックス行きか。

「ありがとう」

枝から守り石を受け取る。貰った石をちゃんと見ると、すべて色違いで三つの色が混ざった守り石もある。確実にマジックボックス行きだ。

「ぎゃ！　ぎゃ！」

一度は下がった枝が、今度は木の実を乗せて私の前に来る。木の魔物を見ると、ジーっと私を見つめている。これは期待されているのかな？

「ありがとう」

そっと枝から木の実を受け取る。それを目の高さまで持ってくると、木の実を観察する。特に普通の木の実でこれと言って特徴はない。

「お父さん、これが何かわかる？」

「ん？　いや、さっぱり」

お父さんとじっと木の実を見る。見ていると木の実がころころと手の中で小さく転がる。

「えっ！　何？」

何が起こるのかわからず、手の中の木の実から目が離せなくなる。

「ぎゃ！」

目の前にいる木の魔物が鳴いているが、視線が向けられない。

ころころ。

ころころ。

ころころ。

ぴしぴしっ。

「ぴしぴし？」

木の実にヒビが入り、それがどんどん大きくなっていくので腕を伸ばして木の実を出来るかぎり遠ざける。

ぴしぴしっ。

ぱん。

木の実が割れたのが掌《てのひら》から伝わってくる。そっと手の中を見る。……木の魔物の子供？

452話　新しい仲間

手の中で動く双葉の木の魔物を見る。三本ある細い根っこで、必死に起き上がろうとしている。

じっと見ていると、プルプルしながらも立ち上がった。

「お父さん、立ったよ」

「みたいだな」

何だか可愛いな。まだぷるぷるしてる。そういえば、襲われたあとで調べた本には親の情報しか載ってなかったな。子供が生まれた場合は、最初に何が必要なんだろう？　木の魔物は植物だよね？

「土に水に栄養？」

「最初にそれが気になるのか？」

お父さんの言葉に首を傾げる。ん？　他に気にしないと駄目な事なんてあったかな？

「ぎゃ？」

木の魔物が不思議そうに私とお父さんを見る。お父さんが小さく笑って首を横に振る。何だろう？

「何でもない。それより、子供には水は必要か？」

お父さんの言葉に、木の魔物が体をプルプルと左右に揺らす。いらないって事だろうか？　それとも意味が伝わらなかった？

「ぎゃ！」

木の魔物が根を私たちの前に持ってくるとパタパタと動かす。すると根っこに水滴がついていた。

「すごいな、空気中から水分を集められるのか」

「ぎゃ！」

「この子も自分で集められるの？」

手の中の木の魔物の子供をちょっと上にしながら訊く。

「ぎゃ！」

大丈夫そう。

「すごいね。あとは栄養……ごはんは何だろうね？」

「木の魔物は、魔力を吸収して大きくなる魔物だから、魔力じゃないか？」

魔力？

「ソルみたいに、マジックアイテムから取ったり出来るかな？」

「無理だったら、俺から与えればいいのかな？」

お父さんから？

「ぎゃぎゃ」

私とお父さんの会話を聞いていた木の魔物が、ぶるぶるとちょっと激しく左右に揺れる。どうやら違うらしい。

「違うのか。何が必要なのか教えてくれないか？」

木の魔物を見ると、私が肩から下げているバッグを根で指した。そのバッグには、旅に必要な物が入っている。バッグの蓋《ふた》を開けると、するすると根っこがバッグの中に入って何かを取り出す。

「紫のポーション？」

「呪いを解くポーションは少し特殊《とくしゅ》な魔力が込められていたな」

そうなの？　知らなかった。紫のポーションを目の高さまで持ち上げる。少し濁ってきているポーション。ソラたちと一緒で劣化版のポーションで大丈夫なのかな？　木の魔物を見ると、じっと紫のポーションを見つめている。

「ほしいの？」

私の言葉にくねくねする木の魔物。瓶ごと木の魔物に渡すと、根を器用に使って瓶の蓋を開けると中身を自分の体にかけた。

「器用だな」

「器用だね」

紫のポーションが掛けられた場所を見ると、ポーションがスーッと木に浸み込んでいく所だった。消化したというより吸い込まれた印象だ。バッグから紫のポーションを取り出すと、蓋を開けて手の中にいる木の魔物の子供にかける。

「あっ、多かったみたい」

手の中で、紫のポーションに木の魔物の子供が浸かってしまった。お父さんに見せると、木の魔物の子供だけをちょんと持ち上げてくれたので、残った紫のポーションを目の前にいる木の魔物にかけた。

「お父さん、大丈夫だった？」

「あぁ、特にポーションに浸かっても大丈夫そうだ」

手の中にいる木の魔物の子供を見せてくれる。元気に、くねくねしている。小さいと、このくねくねがすごく可愛い。母親と言っていいのか不明だけど、目の前の大きな木の魔物がくねくねしても可愛いけど、子供と比べると迫力がありすぎる。

「ところでアイビー、この子どうするんだ？」

「えっ？　さぁ？」

どうするってどうすればいいんだろう？　というか、何で木の魔物はこの子を渡してきたんだろう？　木の魔物を見ると、激しくくねくねしていた。

「え〜……ごめん。何？」

私の言葉にぴたりと動きを止める木の魔物。じっと私を見ると、お父さんから子供を受け取って私に渡してきた。

「どうぞって事？」

私の言葉に上下に揺れる木の魔物。またピシリと洞窟に音が鳴る。手を差し出して受け取るが、これって私に育ててねって事かな？

「お父さん、木の魔物の育て方ってわかる？」

「まったくわからん。紫のポーションをあげておけばいいんじゃないか？」

「それだけでいいのかな？」

というか、何で木の魔物はこの子を私に渡したんだろうか？　木の魔物とは、以前襲われた時のあの魔物以外では二匹目の筈なんだけど。

「……連れて行くのか？」

「えっ？　せっかくだし。可愛く踊っているし」

手の中の木の魔物は小さい根っこを器用に使ってぴょんぴょん跳びはねている。

「こんなに小さいのに、色々な動きが出来るんだね。お父さん、すごくない？」

手の中の木の魔物を見ながら、お父さんが首を傾げる。

「どうしたの？」

「木の魔物は、木に魔力が溜まる事で生まれると言われていたから、子供がいるのを見るとちょっと不思議な気がしてな」

そういえば、そう本にも書いてあったな。でも、実際に子供が生まれたわけだし……。

「色々な方法で生まれるんじゃないかな？　何も一つの方法だけとは限らないし」

「まぁ、そうかもしれないが」

「ぎゃっぎゃっ！」

「ぷっぷぷ～」

「にゃうん」

「てっりゅりゅ～」

「ぺふっ」

皆の声が聞こえたので視線を向けると、洞窟の岩の間に木の魔物が帰っていく所だった。

「「えっ？」」

今まで傍にいたのに、いつの間に移動したんだろう。本当に音がしないな。木の魔物は、すすっと隙間に入って、ちらりとこちらを見ると根を左右に振って見えなくなった。

「帰って行ったな」

「うん」

お父さんも私も、ちょっと唖然《あぜん》として去っていく木の魔物を見送ってしまった。だってまさか、帰ってしまうとは思わなかったから。

「置いて行ったな」

お父さんが私の手の中の木の魔物の子供を見る。

「そうだね」

私も手の中を見ると、こちらの様子を見上げている様に見える木の魔物の子供。

「自由だな」

「ふふっ、確かに」

手の中の木の魔物の子供は、親がいなくなっても気にした様子を見せない。木の魔物の間ではこれが普通なんだろうか？

「ぷっぷぷ～」

「てっりゅりゅ～」

「ぺふっ」

「にゃうん」

遊び相手がいなくなったからか、ソラたちが私の下へ来る。

「楽しかった？　遊んでもらえてよかったね」

「ぷっぷぷ～」

「てっりゅりゅ～」

「ぺふっ」

「シエル、見守っていてくれてありがとう」

「にゃうん」

順番に空いている手で頭を撫《な》でていく。

「にゃ！」

シエルが私の手の中を見て、一声鳴く。ソラたちも興味がある様で、ちらちら私の手の中を窺《うかが》っている。

「アイビー、名前を付けてあげないとな」

そうだよね。一緒に旅をするなら、名前がないと不便だよね。名前……木の魔物か～。

「あっ、トロン！　トロンってどう？」

木の魔物の子供はじっと私を見つめていたが、名前を聞くと手の中でぴょんぴょんと跳びはねた。

「気に入ったみたいだな」

「うん」

よかった。それにしても小さいな。これは気をつけないと、踏みつぶしてしまうかもしれない。

「お父さん、この小ささが心配なんだけど」

「俺もだ。次の捨て場で何か探そう」

「うん、それまで……どうしよう」

453話　トロンの居場所

「これぐらいかな？　まだ大きいかな？」

森の不法な捨て場で、トロンが入るカゴを探すがなかなかいい大きさが見つからない。生まれたばかりで小さいトロンには、どれも大きすぎるのだ。トロンの大きさは、だいたい私の掌の大きさ。ただ、ひょろっとしている姿なので、力を込めて掴むと折れてしまいそうで怖い。

「もう少し小さいカゴがほしいな」

お父さんの言葉に頷くと、丁度いい大きさのカゴがないか探す。

「あ～、腰が！」

ずっと中腰で探していた為、腰が痛い。背をぐっと伸ばして筋肉を解すと、気持ちがよく「ん～」と自然と口から声が出た。周りを見るとソラたちが、ポーションを食べながらカゴを探してくれているのがわかる。いい子たちだな。今トロンは、不法な捨て場の外、シエルの頭の上にいる。根っこでしっかりとシエルの毛を掴み、落ちない様に踏ん張っている筈だ。

「まさか、四回もトロンを捜す事になるとは思わなかったもんね」

最初は洞窟内で、手に持っていたトロンを蹴躓《けつまず》いた拍子に飛ばしてしまった為。ただ、この時はトロンの飛んで行った方向をシエルがしっかり見ていてくれたのですぐに発見する事が出来た。あれには、本当に安堵《あんど》した。

次が、手に持って移動するのは危険だとバッグに入れようとしたが、トロンが拒否。蓋が閉まるのが駄目なのかと、小さめの蓋のないバッグを大きなバッグに括《くく》り付けてその中へ。その時は、問題なく収まってくれたので安心していたが、気付いたらいなかった。慌てて来た道を引き返しながらトロンを捜す事三〇分。ふらふらになっているトロンを発見。急いで紫のポーションを与えて様子を見る事になった。すぐに復活してくれたが、小さいバッグに入る事を拒否。

しかたないので大きなカゴの中に布を敷いてトロンを入れ、お父さんが持って移動する事に。しばらくするとまたトロンがふらふらになっている事に気付き、紫のポーションで復活。その時にトロンが入っていたカゴの中の布が湿っている事に気付いた。トロンが入っていたバッグも、カゴに敷いていた布も、どちらも布製。布製の物とトロンの相性が悪いのではという事になったので、布を取り除きカゴの中へ。ただ、布を取り除くとカゴが大きすぎた為トロンがカゴの中であっちにころころ、こっちにころころ。知らない間に落ちてしまっていた。

すぐにお父さんが気付いたので発見までに五分だったが、大きすぎるカゴは駄目だとわかった。ここまでは洞窟内だった為、比較的捜しやすかったと知ったのは、カゴに入っていたトロンが風で飛ばされて森の中を捜す事になった時。トロンの双葉は小さかったが、洞窟内ではある程度目印になっていた。が、森の中ではその双葉が役に立たない。しかも小さい。見つけるまでに二時間以上。フレムが、木に絡まっている蔓《つる》に引っかかって身動きが出来ないトロンを発見した。かなり暴れたのか、双葉の一部が破れていた。どうしようかと話していると、シエルが私の前に頭を差し出した。意味がわからず、差し出された頭を撫でるとトロンが急にシエルの頭の上に乗った。そして、一生懸命に毛に根っこを絡めるとシエルが満足そうな表情を見せた。「大丈夫？」とシエルに確かめると、頷いたので様子を見る事に。

それからは、何とか見失う事もなく森を歩く事が出来た。そして見つけた不法な捨て場。トロンのご飯、紫ポーションの補充もしたかったので捨て場で必要な物を拾う事にした。

「見つからないな」

お父さんが腰を叩きながら、傍に来る。手には、少し小さめのカゴを持っているが、トロンにはどれも大きく見える。

「そうだね」

ソラとフレム、ソルはポーションやマジックアイテムを食べながらゴミの間を行ったり来たり。小さめのカゴを見つけると、持って来てくれる。ただ、「これ！」という大きさがない。

「ソルが持って来てくれたカゴが今は一番小さくていいかな」

足元に置いていたカゴをお父さんに渡す。カゴの状態を確かめたお父さんが頷く。

「確かにこれだと、カゴの中で転がってトロンが目を回す事はないな」

「うん。ただ、このまま使うとカゴからトロンが落ちるよね」

大きさは一番適しているのだが、高さが少し他のカゴより低い。その為、使用するなら少し手を加える必要がある。

「そうだな。風や歩いている振動で落ちてしまうからな」

「カゴの底に、トロンが根っこでしっかり掴める棒を入れてみようと思うけど、どう思う？」

近くに落ちていた少し細めの棒をカゴの底に入れてみせる。

「いい考えだな。シエルの上で落ちない様に踏ん張っているのを見ると、根には体を支える力がありそうだからな」

「うん。あとは棒の太さが問題かな？　トロンが掴まりやすい太さを探さないと。それにカゴに紐をつけて、肩から下げられる様にして」

色々やる事があるな。

「とりあえず、今言った物を拾っていくか」

「そうしよっか」

太さが色々な棒と、肩からカゴを下げる為に必要な紐。カゴを補強する為の、強度がありそうなカゴも数個拾う。

「ソラ、フレム、ソル。そろそろ行くぞ。紫のポーションはあったか？」

「それが四本しか見つけられなくて」

「あ～、呪いを解くポーションは出番が少ないからな」

呪いよりも圧倒的に怪我や病気が多いので、紫のポーションは他のポーションより作られる数が少ない。そのせいか捨てられる数も他のポーションに比べると少なくなってしまう。

「まぁ、あっただけよかったと考えるべきかな？」

「そうだね。とりあえず全部拾っておいた」

トロンがまだ子供なので、紫のポーションも少なくて済む。これが大きくなると、ちょっと大変かもしれないな。

「ぷっぷぷ～」

「てっりゅりゅ～」

「ぺふっ、ぺふっ」

満足出来たのか、三匹が満足そうに私たちの元へ来る。

「そろそろ移動しようか」

「ぷっぷぷ～」

「てっりゅりゅ～」

「ぺふっ、ぺふっ」

捨て場を出て、シエルの元へ行く。すぐに頭の上を確認してトロンがいる事を確かめる。

「シエル、ありがとう」

私の言葉に尻尾をバタバタと振るシエル。トロンに当たらない様にシエルを撫でる。

「トロンのカゴは、ここで手を加えていくか？」

「うん。補強と紐を付けるぐらいならすぐに出来るから」

拾ってきたカゴなどを目の前に並べる。トロンが直接入るカゴを、濡らした布で綺麗に拭いていく。拭いても布が汚れない状態になるまで綺麗にすると、補強する為に拾ってきたカゴを必要な大きさに切る。カゴの外側に切ったカゴを合わせて細めの縄で括り付け補強すると、ついでに肩から下げる為の紐もカゴに結び付ける。最後に、お父さんがトロンと一緒に探してきた掴まりやすい太さの棒をカゴの外側から中に向かって差し込む。この時、カゴより大きな棒を用意すると上手くいく。棒が移動しない様に紐で括り付けたら完成。

「低かったカゴの高さもある程度高く出来たし、肩から下げる紐も結んだし……これで、大丈夫な筈！」

広がっていた道具を片付ける。

「上手に作るよな」

お父さんがカゴの強度を確かめる為に、カゴを軽く引っ張る。何度か試すと頷いた。

「よし。はい、トロンの場所だぞ」

シエルの頭の上にいるトロンに、お父さんがカゴを見せる。トロンは少しの間カゴを見ると、ちょこちょことカゴに移動した。よかった。見た目は補強したあとがあったりして、カッコよくないが旅で必要な強度はある。上手くいっていれば、次の村まではこのカゴで十分の筈。

「さて、遅くなったがハタル村へ行こうか」

454話　カリョの花畑

「お父さん、紫のポーションがなくなりそう」

「あと二日でハタル村に着く予定だが、足りないか？」

瓶に残っている紫のポーションを見る。ぎりぎり何とかなるかならないかぐらいの微妙な量しか残っていない。お父さんも残っている量を見て、少し難しい表情をした。肩から下げたカゴからは、紫のポーションをじっと見つめるトロンの姿。

「少し急いでハタル村へ向かうか」

お父さんの言葉に頷く。トロンは一日三回、少量の紫のポーションをあげないと双葉が萎《しお》れてしまう。萎れたあとどうなるのかは、怖くて確かめていない。

「シエル、明日中にハタル村へ着きたいから速度を少し速めてくれ」

お父さんの言葉に少し首を傾げたシエルは、しばらくすると頷いた。シエルが頷いたので、明日にはきっとハタル村に着いている筈。

「アイビー、大丈夫か？」

お父さんの言葉に頷く。ハタカ村を出た時は少し体力が落ちていたけど、今は元に戻っている。なので問題なし。

「よしっ。休憩を終えてハタル村へ向かうぞ」

使用したコップなどを、簡単に洗ってマジックバッグへと仕舞っていく。すべて仕舞い終わると、周辺を見渡し忘れ物がないか確かめる。

「忘れ物はなし！　よしっ。皆、行こう！」

私の言葉に、シエルが先頭を歩き出す。ソラたちはシエルの横を大人しく跳びはねていたが、すぐに三匹で遊びだしてしまった。その光景につい笑みがこぼれる。

「ん？　何かいい事でもあったのか？」

お父さんの言葉に、ソラたち三匹を指す。視線を向けたお父さんは、枝から枝へ跳び移っている三匹を見て「おお～」と声を出した。最初の頃は寝っぱなしだったフレムも、ハタカ村を出たあたりから急に体力がつき移動中はバッグで寝なくなった。ソラはそれがうれしい様で、フレムによく絡みに行っている。最近はそこにソルが加わり、以前より賑やかになっている。

「そういえば、アイビーとテイム関係を築いてからソルは変わったな」

確かに、テイムの印が刻まれてからソルは変わった。以前のソルは、皆でいる時間より一匹でいる時間のほうが長かった。だから一匹のほうが好きなのかと思っていたがそうでもなかった様で、今では皆と一緒にいる時間のほうがはるかに長くなった。そしてもう一つ大きな変化は、私やお父さんに甘えてくれる様になった事。以前のソルには、何処か遠慮をしている印象を受けたが、今はソラやフレムと競って甘えてくれる様になった。四匹に一気に甘えられると大変だけど、皆が可愛すぎる。

「それにしても、器用だな～」

太い枝や細い枝を気にせずぴょんぴょん跳び移っていくソラたち。前はハラハラしたけど、今では笑って見ていられる。まぁ、時々落ちてくるけど……。しかも不意に落ちてくるから、結構驚く。

「お父さん」

三匹で楽しそうにしている姿にはほっこりするけど、ちょっと不安な事がある。

「ん。どうした？」

「スライムって……枝を器用に跳び移る魔物だったっけ？」

スライムの勉強をした時に、そんな記述はまったくなかった事だけは覚えている。

「……まぁ、レアだから。スライムらしくない事が今更一つ増えた所でさ」

そうなんだけど。やっぱり、スライムらしくないのか。最近はスライムらしい所を探すほうが難しくなってきている気がするんだよね。

「うちの子、皆個性的すぎる」

「あははは っ、それは言えてるな」

歩く速度を緩めず、三匹を見る。

「ぷっぷ～」

「てっりゅ～」

「ぺふっ！」

森に響く三匹の鳴き声。さすがにこれは駄目だ。

「魔物を呼び寄せるから静かにね～」

ちょっとだけ注意をしておく。シエルがいる為、魔物は来ないけど。もしかしたら、問題のある魔物が来てしまうかもしれない。

「ぷっ」

「りゅ」

「ぺっ」

ソラたちから、小さな鳴き声で短い返事をもらった。

「あいつら、楽しんでいるな」

お父さんがソラたちを見つめながら肩を竦める。

「グルル」

少し前を歩いていたシエルが、不意に喉《のど》を鳴らして立ち止まった。

「どうしたの？」

シエルを見ると、前方を少し険しい表情で睨みつけている。

「にゃうん」

低くシエルが鳴くと、木の上で遊んでいたソラたちがすぐに私の周りに集まってきた。

「何かあるみたいだな」

お父さんが剣に手をかける。シエルも威嚇《いかく》をしながら、先へ進む。しばらくすると、甘い香りがしてきた。濃厚な甘い香り。

「何の香りなんだろう。ちょっとここまで濃いとくさいね」

お父さんは布を取り出すと、口と鼻を覆《おお》った。

「アイビーも」

お父さんの言葉に、バッグから布を取り出すと口と鼻を覆った。

「シエルは大丈夫？」

「にゃうん」

嫌そうに鳴くが大丈夫そうだ。ソラたちを見ると、ソラたちも何だか嫌そうな表情をしている。

「あっ、この香り！」

お父さんが立ち止まると、驚いた表情をした。

「お父さん、この香り何かわかったの？」

「あぁ、たぶん。カリョという麻薬だ」

えっ！　麻薬！

「香りを吸い込んでるけど、問題ない？」

シエルたちも心配だ。慌ててお父さんを見ると、ポンと頭を撫でられた。

「落ち着け、大丈夫だから。カリョは根っこが麻薬なんだ。花の香りには問題ない。ただ濃厚で吸いすぎると気分が悪くなるが」

確かに濃厚すぎて、気分が悪くなるというより苦しくなる。

「おかしいな」

「何が？」

「カリョは自然に生える植物だが、密集して生える事は絶対にないんだ。でもこの香りの強さから、かなりの量のカリョが集まって咲いている気がする」

どれくらいのカリョがあるのか予想出来ないけど、とりあえず自然ではありえない状態なのか。という事は、誰かが植えた？　麻薬成分がある植物を、つまり。

「麻薬の為に、誰かが育てている可能性もあるのかな」

「あるだろうな。もしそうなら大量にカリョがあるかもしれない。どうしようか？」

どうしようかって、麻薬とわかっていて放置するわけにもいかないよね。でも、これってまた何かに巻き込まれる事になるのかな？　だったら見ないふり？　でも、……気になるよね、絶対に。

お父さんを見る。

「放置すると後々気になるよな」

「うん、私はきっと気にすると思う」

損な性格だとは思うんだけど、こればっかりはしかたない。

「時間が掛かるが対処していくか」

「どうするの？」

「森の中で一輪でも咲いているのを見つけたら、根を掘り出して燃やすんだ」

「そこまでするの？」

自然に生えたカリョならそのままでもいい様な気がするけど。

「カリョの麻薬は依存性が強く、一輪でも多くの者たちを依存症にする事が出来るんだ。だからたとえ一輪でも見つけたら、麻薬成分がある根っこも含めて燃やす事になっている」

そうなんだ。依存性が強い麻薬。ちょっと怖いな。周りの気配を探る。濃厚な香りが集中力を邪魔するので少し時間が掛かってしまったが、何とか探る事が出来た。

「お父さん、周りに人の気配はないよ」

「わかった。香りが強くなってきたな」

「うん、気持ち悪い」

口と鼻を布で覆っているが、かなりすごい。何とか気分の悪さを抑えて進むと、一気に森の一部が開けた。

「「あっ」」

そして一面に広がるカリョの花。

「すごい」

「完全に人の手が加わっているな」

お父さんが溜め息を吐く。

「大仕事だぞ、これは」

確かに一面に広がるカリョの花畑。根っこを掘り起こして燃やすらしいけど、間違いなく大事だ。時間がないのに……。

455話　三枚目の葉っぱ

「見てても終わらないしやるか」

「そうだね。シエル、人が来ないか見張っててくれる？」

「にゃうん」

シエルを見ると、表情が少し険しくなっている。それはそうだよね。シエルは鼻がいいから、この香りは絶対につらい筈。

「シエル、この香りが届かない所へ行っていてもいいよ。つらいでしょ？」

私の言葉に少し考えたシエルは、小さく頷くと周りを見回す。そして、何かを見つけたのか森の中に入っていった。

「やっぱりこの香りは、シエルにはきつかったか」

お父さんが、カバンから新しい布を取り出して口と鼻を覆う布を二重にする。私もそれを真似て、口や鼻を覆う布を二重にした。一枚の時よりましだが、それでも香ってくる濃厚な花の香りにうんざりしてしまった。

「マシになったけど、まだ、香りがきついね」

「ここまで花があると、諦めるしかない。あっ、あれシエルか？」

お父さんが指すほうを見ると、少し離れた大きな木に登るシエルがいた。

「あそこだったら香りもしないし、人が来たらすぐにわかるな」

シエルのいる場所を確認したお父さんが、感心した様に言う。

「頭いいね、シエル」

「そうだな。さて、やるか。ただ、この量だから今日中に終わらないかもな」

「そうだね」

お父さんの言葉に、げっそりした表情で答える。目の前に広がるカリョの花畑。

「そういえば、ソラたちは？」

スライムの鼻はどうなんだろう？　さっきは少し嫌そうな表情をしていたよね。苦しかったら、この場所から安全な場所へ移動していてもいいんだけど。

「ソラたちなら大丈夫じゃないか？　あそこで休憩してる」

お父さんが見ている方を見ると、木の根元で三匹仲良くまったり寛いでいる。

「スライムには香りは、それほど気にならないのかな？」

「どうなんだろうな。本にはなんて書いてあったっけ？」

本か。スライムの嗅覚《きゅうかく》について、記述なんてあったかな？　記憶にないけどな。覚える必要がないと思って忘れたのか、そもそも記述がなかったのか……。記述がなかった様な気がするな。

「うわっ。太いなこれ」

お父さんの声に視線を向けると、カリョを引っこ抜こうとしているのがわかった。傍によって手元を見ると、太い茎を掴んでいるのがわかる。カリョの花は淡いオレンジの可愛らしい花。茎も細くすぐに引っこ抜けそうな印象を受けたが、土に近い所に行くと茎はどんどん太くなり、かなり根っこが張っているのかお父さんが軽く引っ張ったぐらいでは抜けないようだ。

「全身の筋肉を使いそうだな」

お父さんの嫌そうな声に、私も顔が歪《ゆが》むのがわかった。これ、一日でも終わるかわからないな。

「さてと……あっ！」

カリョの花の茎に手を伸ばそうとすると、いまだに荷物を肩から下げている事に気付いた。慌てて、ソラたちの元へ行き荷物を肩から下ろす。

「ん？　おはようトロン。ごめんね。急いでハタル村へ行こうと思ったんだけど、ちょっと気になる事があって、遅れそうなんだ」

トロンが入っていたカゴを肩から下ろすと、寝ていたトロンが目を覚ました。トロンは立ったまま寝ていた。それに驚いたけど、元々は木。立ったままが普通なのかもしれないと思い直した。ハタル村に行ったら、木の魔物についての本を探そう。きっと、木の魔物について情報が少しは手に入る筈。

「葉っぱが萎れちゃうのは可哀そうだけど、ごめんね」

ちょっと心配だけど、カリョを見過ごすのも気が引ける。私の言葉に、双葉が横に傾く。そういえば、トロンに首はあるんだろうか？　目の位置から考えると、双葉が傾く位置が首ではないよね。目の上から傾いているもんね。

「あっ、こんな事してたら駄目だ。ここで大人しくしていて……えっ、外に出るの？」

急いでカリョの花畑に戻ろうとすると、トロンがカゴから出てきてしまった。そして、二本の根っこを器用に動かしカリョの花畑のほうへ歩いて行く。

「ちょっとごめんね」

片手でトロンを持つと、カリョの花畑まで移動する。見失うと捜すのが大変なので、トロンの用事を終わらせたほうが安心出来る。

「どうした？」

「トロンが、こっちへ来たがったから」

足元にトロンを置くと、様子を見る。トロンはカリョの花畑を見て、次にお父さんが抜いたカリョの花を見る。

「この花の根には依存性の強い麻薬成分が含まれているから、抜いてすべてを燃やすんだ」

お父さんの言葉をじっと聞いていたトロンは、カリョの花畑の傍までいくと二本の根っこを地面に埋めた。

「埋まってくね。何かするのかな？　お父さんはわかる？」

「ん～、さっぱりわからない。木の魔物についての情報は思い出したけど、地面に埋まる時は獲物を待つ時ぐらいの筈なんだ。……何か待つのか？」

お父さんの言葉に首を傾げる。ここで獲物を待たれたら、かなり困るんだけど……。

「こう見ると普通の植物だな」

トロンはどんどん土に埋まっていき、とうとう双葉しか見えなくなった。

「ここでお別れとかないよね？」

「……それは、ないと思いたいが……」

お父さんとじっと双葉を見る。根っこの部分だけではなく目があった部分までが土の中なので、表情も見えない。しばらく、様子を見ていたが特に変化はない。

「あれ？　花の香りが消えてないか？」

隣でトロンの様子を見ていたお父さんが顔を上げる。

「えっ……枯れてる」

「へっ？」

お父さんの視線を追って、トロンの双葉からカリョの花畑に視線を向ける。そこには、枯れて萎れて地面に横たわっている大量のカリョの花。香りはともかく、綺麗に咲き乱れていた花が無残な姿になっていた。

「どうなってるの？」

「さぁ、何だろう？　……あっ、トロンか？」

トロン？　トロンが埋まっている場所を見る。

「あっ、三つ目の葉っぱが出てる」

視線の先には双葉のほかにもう一枚、葉っぱをつけたトロンが土から這い出ている所だった。根っこの先まで土の上に出ると、体をプルプルと揺らすトロン。パラパラと土が落ちたのが見えた。

「根っこがちょっと太くなってる」

「そうだな」

細くて不安だった根っこが二倍の太さになっている。元が細すぎたので、それでも細くて心配だがちょっと安心。

「カリョの花を枯らしたのはトロンか？」

お父さんの言葉に、トロンがお父さんを見る。

「ぎゃ！」

鳴いた。というか、体は小さいのに声が大人の木の魔物と一緒？　いや、大人の木の魔物よりほんの少し音が高めかな？　でも、他の子たちに比べたら野太い！　可愛い見た目なのに。少し大きくなったけど掌の大きさなのに！

「声が……」

「アイビー、今はそこじゃない。気にする所は、そこじゃない」

お父さんに視線を向けると、苦笑された。そうだけど、衝撃が……。

「それより、正解なのかな？」

正解？　あぁ、カリョの花が枯れた原因か。

「トロンがカリョの花を枯らしたのなら一回鳴いてくれる？」

「ぎゃ！」

「そうか。ありがとう、助かったよ。花畑が広すぎて、掛かる時間が予測出来なかったからな」

「うん、ありがとうトロン。それより、トロンが成長したって事は、カリョから栄養でも奪ったのかな？」

私の言葉に首を傾げるお父さん。

「そうなると思うが。木の魔物が植物から栄養を取るなんて聞いた事はないんだよな。というか、よくわかっていない魔物の一つだからな、木の魔物は」

そういえば、魔物を紹介する本に載っていた情報も少なかったな。寿命や雄雌の区別などが不明になってたし。

「さて、とりあえずカリョの根を確認するか。枯れていたら、もうここにいる用事もないしハタル村へ向かって出発しよう」

「うん。そうしよっか」

それにしてもすごい。広大に広がっていたカリョの花畑が、今では枯れたカリョの花で覆いつくされている。

「大丈夫そうだ。完全に枯れてる。というか、原形を保てないみたいだ」

お父さんが根を持つと、パラパラと手から崩れて落ちていく。

「この短時間で？」

私の言葉に頷くお父さん。枯れて乾燥して……どの状態になったら原形が崩れる様になるんだろう？　よくわからないや。

「ぷっぷぷ～」

「てっりゅりゅ～」

「ぺふっ」

「にゃうん」

ソラたちの声に視線を向けると、トロンを囲んで成長を喜んでいるみたいに見える。

「色々気にしてもしょうがないか」

「そうだね。とりあえず、トロンが成長したね」

「そうだな」

456話　強くなった？

「お父さん、紫のポーションがなくなっちゃった……」

空の瓶をお父さんに見せる。

「足りなかったか。トロン、少し我慢出来るか？」

お父さんの言葉に、空の瓶をじっと見ていたトロン。視線をお父さんに向けると葉っぱが右に傾く。

「ごめんな、トロンのポーションを切らしてしまったんだ。もう少しでハタル村に着く筈なんだが、大丈夫か？」

「ぎゃっ」

トロンはお父さんの言葉に頷く様な仕草をしたあと、ソラたちのほうへちょこちょこと歩いて行った。

「大丈夫かな？　今は、葉っぱの状態も問題ない様だが……」

「前は確か、一時間ぐらいポーションをあげるのが遅かったんだよね」

「あぁ、寝床になる場所を探していたら遅くなったんだ」

お父さんの言葉に頷く。

「そうそう。で、気付いたらトロンの葉っぱが萎れてて」

「あの時は、焦ったよな。トロンもちょっとしんどそうだったし」

根っこもだらんとして、慌てて紫のポーションをあげたっけ。今は、前の時より葉っぱの状態はいいと思う。カリョの花畑で栄養を貰ってから、力強さが増した様な気がする。全体的に太くなったし。でも、やっぱり不安だな。

「とりあえず、変化がないかこまめに見ておこう」

「わかった」

「ぎゃっ、ぎゃっ」

トロンの声に、視線を向けるとソラの上に乗ってご機嫌のトロンの姿が見えた。ソラも怒る事なく、楽しそうにぷるぷると揺れている。その周りをソルとフレムが跳びはねて、シエルは近くでその様子を見つめている。

「何だか、すごく仲がいいよね」

「そうだな。スライムにアダンダラに木の魔物か。不思議な組み合わせだけどな」

確かに不思議だな。

「あの、少し前からなんだけど……シエルがソラたちのお母さんに見えてしまって……」

「確かにな。あの眼差しはそう見えるよな」

遊んでいる子供たちを見守るお母さん。シエルもまだまだ若い筈なんだけど、無理してないかな？

「あっ」

フレムが何かしたのか、シエルの前足で押さえ込まれていた。

「子を叱る母だな」

お父さんの言葉に、すごく納得してしまう。

「さて、そろそろ行くか。あっ、その前に場所の確認をしないとな。え～っと、あの岩があるという事は、ここだよな。なら、あと四時間弱ぐらいでハタル村に着く筈だ」

お父さんが見ている地図を覗くと、指でさしている場所に岩の絵が描かれている。その絵と、近くにある岩を見比べる。うん、間違いなくあの岩だ。あと四時間弱か。ハタル村がどんな村なのか、楽しみだな。

「皆、行くよ～。トロンはカゴに戻ろうか」

「ぎゃっ」

ソラから離れちょこちょこ歩くトロン。何度見ても可愛い。ただ、遅い。

「ぎゃっ？」

「ごめんね」

そっと抱き上げてカゴに入れる。

「ソラたちは、まだまだ余裕がありそう」

「そうだな。最近はバッグの外にずっといるけど、元気だよな」

「うん」

ハタル村へ向かって歩き出すと、目の前をぴょんぴょんと跳びはねるソラたち。ハタカ村を出てから、ずっとこの状態が続いている。そんなにテントや家の中だけで過ごすのが嫌だったんだろうか？　次の村では、なるべく森の中で遊べる様にしてあげよう。

「そろそろ、ハタル村だな」

立ち止まったお父さんが、地図を見ながら周りを見る。

「村道へ戻ったほうがいいよね？」

私の言葉に、少し考えると首を横に振った。

「いや。村道へは戻らずに、このまま森の中を歩いて村ではなく捨て場に行こう。足りない物も多くなってるし、紫のポーションは在庫がないだろ？　それから村を一周して、魔法陣が刻まれた石がないか確認しないと駄目だろう」

その問題もあったな。そうそう、魔法陣が仕掛けられているとは思わないけど、確認は大切だからね。

「うん、そうしよう」

「悪い、シエル。ハタル村ではなく、捨て場に行きたいんだけど案内をお願いしてもいいか？」

「にゃうん！」

シエルは尻尾を振り振り、森を見回して少し方向を変えた。捨て場の位置がわかったのだろう。

「トロンは大丈夫か？」

お父さんの言葉にカゴを見る。元気にトロンが顔を出している。葉っぱの状態も瑞々《みずみず》しくてとってもいい。

「大丈夫みたい。カリョの花畑で貰った栄養で強くなったのかな？」

「まぁ、あそこで変化したからな。あっ、トロン。村へ入る時は、カゴの中へ姿を隠してもらっていいか？」

「ぎゃ！」

コクコク頷くトロン。ソラたちの様に頭を撫でる事が出来ないので、葉っぱをそっと撫でた。しばらく森を歩くと、捨て場に到着。想像以上の大きさにちょっと驚いた。

「村の大きさを考えたら、捨て場がちょっと大きすぎるな。何かあるのか？」

もう、巻き込まれるのは嫌だな。のんびり旅をしたい。

「さて、人が来る前に始めるか」

「うん。えっとポーションは三種類で、マジックアイテムは……あれ？　空っぽだ」

ソルのご飯用マジックアイテムが入っているバッグを覗き、首を傾げる。

「昨日までは、まだあったよな？」

お父さんの言葉に頷く。まだ二日分ぐらいは、あった筈なんだけど……。

「見間違いだったのか？」

「そうかな？」

お父さんの言葉に首を傾げながら捨て場へ向かう。その間に、人の気配が近くにないか探っておく。捨て場周辺にはいないようだ。少し遠くに感じる気配は数個。気配が薄いので上位冒険者かもしれない。少し注意しておこう。捨て場に入ると、ソラたちがうれしそうにゴミの中に突進していく。

「気をつけてね」

「ぷっぷぷ～」

「てっりゅりゅ～」

「ぺふっ」

捨て場の外を見ると、カゴを守る様に寝そべっているシエル。トロンも安心しているのか、カゴの中でじっとしている。

「さて、拾うか！」

まずはトロンの紫のポーション。それにしても、ソラとフレムが空き瓶を食べてくれて助かった。そうでないと、バッグの中に空き瓶だけが溜まる所だった。あれ？　そうなると、ソラとフレムのご飯って空き瓶でもよかったって事？　ん～？　ソラには空き瓶を食べるか試した事がある様な気がするんだけど……どうだったかな？　それにしても、

「紫のポーションは少ないな」

「こっちに一〇本あったけど、アイビーのほうはどうだ？」

「こっちは七本。場所を移動して探してみるね」

「頼む。俺は他の物を拾っていくよ」

「お願い」

気配を探りながら、紫のポーションを拾っていく。元々出回る数が少ないだけあって、捨てられている数も少ない。ソラたちのポーションを拾いながら、紫のポーションを探す。

「どうだ？」

「お父さん。紫のポーションは五〇本だけだった」

「こっちは二一本だ。少ないな」

「うん。どうしよう？　足りなくなるよね」

「一回の量が少ないから、すぐにはなくならないだろうが。これから成長していく事を考えたら、確実に足りないな」

他のポーションでは代用出来ないし。どうしよう、困ったな。

「とりあえず、今はこれで終わろう。ソラとフレムのポーションは十分に確保出来たし、ソルのマジックアイテムも大丈夫だ」

あっ、ほとんどお父さんに任せてしまったな。

「ありがとう」

ん？　遠くにいた冒険者の気配がこちらに来てる。

「お父さん、まだ遠いけどこちらに来てる冒険者がいるみたい」

「そうか。皆、集合」

お父さんの声にソラたちが、傍に寄ってくる。

「人がこちらに来る可能性があるから、もう行こうか」

お父さんの言葉に、ソラたちが頷く。

「よしっ。村を一周するのも結構時間が掛かるだろうから、急ぐか」

確かに、かなりの距離になるだろうな。

「面倒くさいね。もうさ、数メートルの距離に一つもなかったら問題ないって事になればいいのにね」

「そうなれば、よかったんだけど。たった一個でも、魔法陣が発動してしまったからな。面倒くさいがしかたない」

457話　冒険者の気配？

「そろそろ、今日の寝床を探そうか？」

「うん。さすがに村を一周するのは大変だね」

「そうだな。もう少し簡単だと思い込んでいたな。悪い」

お父さんの言葉に首を横に振る。

「私もだから」

軽く考えていたのは、私も一緒。人が多く住む村を一周するのだから、それなりに時間が掛かるのは少し考えればわかる事なのに……。

「ソラ、寝床を探してもらってもいいか？」

「ぷっぷぷ～」

ぷるぷると震えたソラは、森を見回す。そして、村から離れる様に森の中に向かって行く。

「あっちみたいだな」

「そうだね」

ソラに付いて行き数分。大きな岩と大きな木が重なっている場所に出た。

「すごいな、二つに割れている岩の間から木が生えているのか」

「こんなの初めて見た。木が岩にギュッと掴まっているみたいだね」

「なるほど。アイビーにはそう見えるのか」

近付くと、岩に大きな穴が開いているのがわかった。ソラはその中に突進していく。

「ソラ、危ないよ」

と言いつつも、ソラの態度から安全だとわかるんだけど。とりあえず、気配を探って穴の中にソラ……とフレムしかいない事を確かめる。いつの間にフレムは入り込んだんだろう？　気付かなかったな。

「さて、水は何処に……音がするな。この音は、近くに川があるな。そっちでご飯にしようか」

「うん」

川の近くだと汚れた物を綺麗に洗えるから好き。

「今日は、作り置きのご飯にしないか？」

「えっ？　作り置きのご飯？」

「あぁ。村の周辺を回るのは想像より疲れたし、夕飯を食べるいつもの時間も越えているからさ」

確かに、ちょっと疲れているな。予定では、今頃村の中でゆっくり休憩している筈だもんね。それに暗くなり始めているので、今からご飯を作るのはちょっと大変かもしれない。

「うん。じゃあ、今日は楽をしよう」

水の音を頼りに川を探し出す。思っていたより大きな川があった。川辺を少し歩いて、平らになっている場所にゴザを敷く。

「何が残っているかな？　結構食っただろ？」

調理済みの料理を入れているマジックバッグの中を、確かめる。

「今マジックバッグの中にあるのは……野菜スープと、ピリ辛スープ、牛丼もどきがあって野菜炒めもあるよ。あとは、タレ漬けしたお肉と、それを丼にした物もあるな。あっ、サンドイッチもあった。でも見事にすべて一人前しかないや」

見事にバラバラで一貫性がない残り方だな。しかも、二人前はないみたいだ。

「好き勝手食べてたからな。サンドイッチは明日の朝に食べようか。あとは……」

「とりあえず、全部出していくね」

ゴザの上にテーブルを出して、マジックバッグから料理を出していく。その間にお父さんがお茶の用意をしてくれた。

「ぎょっ」

ん？　声に視線を向けると、カゴからのそのそと出てくるトロン。あっ、トロンのご飯を用意してない。

「トロンが起きたみたいだな。あれから結構な時間がたったけど、葉っぱは元気そうだな」

そういえば、紫のポーションが足りなかった筈なのに葉っぱはまだ瑞々しいままだ。

「よかった。カリョの花の栄養がトロンを強くしてくれたみたいだね」

「そうだな、これで少し安心だな」

「うん」

ポーションをあげる時間が少し遅くなっても葉っぱが萎れないなら、少し余裕が出来る。どうしても、時間どおりにあげられない時があるだろうし。

「トロンのポーションは、ソラたちのポーションと一緒のマジックバッグか？」

「うん、そう」

お父さんがマジックバッグから紫のポーションを取り出している間に、小ぶりのコップを用意する。そのコップに少量の紫のポーションを入れると、歩いて傍まで来たトロンをコップの中に入れる。

「ぎょ～」

紫のポーションが根っこから、トロンに染み込んでいく。

「ゆっくり食べてね」

「ぎゃっ」

トロンの様子を見ながら、マジックバッグに残っていた料理をすべて取り出す。

「おっ、六の実を乗せたサラダまであるな。これ、好きなんだよ」

お父さんが、野菜の上に乗っている六の実を崩して野菜に絡める。最後にチーズを粉にして乗せれば完成。

「よしっ。食うか」

「「いただきます」」

捨て場で思う存分食べてきたソラたちは、少し離れた所で休憩している。昼間にずっと騒いでいたのでさすがに疲れたのだろう。

「アイビー。スープは飲むか？」

「うん、貰おうかな」

「どっちがいい？」

「どっちでもいいよ。お父さんは？」

「アイビーの料理はどれもおいしいから迷うな。……ピリ辛のほうを貰っていいか？」

「いいよ、もちろん」

テーブルの上の料理がどんどんお腹に収まっていく。いつも思うけどお父さんの食べる量が多い。

あっ、そうでもなかったな。もっと食べる人たちがいたな。

「どうした？　それよりもっと食べないと」

「もう、お腹一杯だよ」

「なかなか食べる量が増えないな」

お父さんに心配そうに見られるけど、もう十分だと思うんだよね。一人前は食べているわけだし。

でも、冒険者の人たちって私の感覚からいくと皆大食いだよね。もしかして一人前の量が少ないのかな？

「はぁ～、やっぱりうまいな。ご馳走《ちそう》さま」

ほぼ三人前を食べたお父さんに新しいお茶を出す。食後のお茶ってほっこりしておいしい。ん？

何だろう……何かが……。

「どうした？」

「えっと、何かが引っ掛かって」

「引っ掛かる？」

あっ、これかなり抑えられているけど人の気配だ。かなり薄くて掴みにくいな。

「上位冒険者だと思うんだけど、森の中に気配があって……」

「グルッ」

シエルの喉が鳴った音が聞こえた。視線を向けると、シエルが森の中を凝視している。

「こちらに来ているのか？」

「えっと……うぅん。来てたけど、止まったみたい」

首を横に振る。こちらを窺っている様な気がしたが、今はしない。気のせいだったかな？

「大丈夫みたい。あれ？　他にも冒険者たちがいる」

周りの気配を警戒しながら探っていく。掴めたのは三つの気配の塊《かたまり》。おそらくチームとして動いているのだろう。

「たぶん三チームの上位冒険者が村の周辺にいるみたい」

「村に帰る途中か？」

帰る途中？　気配の位置から考えると、違和感がある。

「違うと思う」

私の言葉にお父さんの眉間に皺が寄る。

「ソラ、フレム、ソルはこっちへ。シエル、悪いがスライムに変化してくれ。トロンはカゴの中へ」

「うん。でもまだ気配は遠いから」

それに今は、こちらには向かってきていない。

「わかった。だが、何か怪しいと感じるんだろ？」

「……うん」

そう、何か違和感を覚える。それが何かはわからないけど。

「なら、もしもの事を考えて、行動しておこう」

「わかった」

何かあってから後悔しても遅いからね。シエルがスライムに変化し、ソラたちが私たちが座っているゴザの下まで来る。お父さんがコップの中でのんびりしているトロンを、カゴの中に戻す。

「とりあえず片付けるね」

汚れたお皿などを川で簡単に綺麗にして、マジックバッグに入れていく。村に入ったら、マジックバッグに入っているすべてのお皿を綺麗に洗い直そう。

「ソラが見つけてくれた寝床まで行くか。アイビー気配は？」

「三つとも動いていないみたい」

「わかった」

マジックバッグを肩から提げ、敷いていたゴザを折り畳むと、寝床まで戻る。気配を探るが、移動していない。何だか嫌な予感。当たらなければいいな。

458話　無視しよう

「……おはよう」

「おはよう」

昨日の気配が気になって、ほとんど寝られなかった。しかも真夜中になっても気配が動いているし……眠い。

「は～」

「あまり寝られなかったみたいだな」

お父さんが布団を片付けながら、心配そうに顔を覗き込んでくる。

「うん。ごめんね。隣でガサガサしてたから、邪魔だったよね？」

気配が気になるたびに動いたりしてたから、お父さんの睡眠を邪魔してしまった気がする。というか、絶対に邪魔をしたよね。

「俺も気になって寝られなかったから大丈夫だ。それより夜中に近くまで近付いたよな？」

「うん。あれにはちょっと焦った」

下手に反応すると駄目だと感じたので、じっと耐えたけど……。

「あれって、やったら駄目な行動だよね？」

冒険者や旅人には決まりがある。その一つが「森の中で休憩している冒険者や旅人には、よほどの事がないかぎり近付いてはいけない」だ。森の中での休憩は、緊張を強いられる事が多々ある。少しでも、体を休ませる為に設けられた決まりだ。森で、生き残る為の最低限の決まりだとも言われている。

「そうなんだよな。俺は気配は読めないが他の動きでだいたい相手の力を測るんだが……どう考えても上位冒険者だった。決まりを知らないわけではないと思うが……何かあったのかもしれないな」

「ハタル村で？」

「あぁ、誰かを捜している可能性がある」

なるほど。だから時間を気にせず夜中もずっと捜していたという事か。あれ？　確かにずっと動いていた気配もあったけど、別の動きを見せた気配もあったよね？

「どうした？」

「気配の塊は三つあるんだけど、そのうちの二つは確かに捜している可能性があるけど……一つだけ、まったく動かなかった気配があるから」

「そうなのか？」

「うん。一番遠い位置にいる気配なんだけど。昨日からずっと同じ場所にいるよ」

気になって何度か探ったから、間違いないよね。今も……動いてない。

「あまり探るなよ？　危ないから」

「あっ、そうだよね。気をつける」

お父さんが頭をポンと撫でる。

「朝ごはんを食べて、村へ行こうか。今日こそはハタル村に入るぞ！　……そうだ、ハタル村では宿に泊まらないか？」

「宿？　別にいいけど。何で？」

いつもはどっちにするって訊くのに、何かあるのかな？

「ハタカ村で術に掛かった場所が広場だったからさ」

あぁ、そうだったね。これからは広場に泊まるのは少し控えていったほうがいいのかな？　でも、問題がない村や町で宿を使うのは……なんか勿体ない気がするんだよね。今は、シエルたちのお陰でお金に困っていないのに。

「みんな、おはよう」

「ぷっぷぷ～」

「にゃうん」

「てっりゅりゅ～」

「ぺふっ」

トロンはまだ寝ているようだ。そっとカゴの中を覗くと、立った状態で熟睡しているトロンを見つけた。すごいな、用意した木に根っこを絡ませてふらふらしているのに、倒れない。

「すごい特技……、特技だよね？」

「ぷっぷぷ～」

「ぺふっ」

ソラとソルの返事に笑みが浮かぶ。ふらふらしながらも立っているトロンのこれは特技で合っているらしい。……本当かな？　お父さんが朝食の準備をしてくれている間に、昨日マジックバッグから出した物を片付けていく。

「アイビー、ありがとう。そろそろ食べようか」

「うん。お父さんもありがとう」

朝食を食べながら今日の予定を決める。とりあえず、疲れが溜まっているので村を目指す事が最優先。気になる気配は、まだ森の中にあるが気にしない事にした。

「近付いてきたら、そうもいかないけどな」

お父さんの言葉に頷く。

「そうだね。ソラたちは今日はバッグの中のほうがいいかな？」

「ん～、気配の位置は遠いんだよな？」

「うん。近くじゃないよ」

「なら、様子を見よう。村に入ったら我慢してもらう事が、多くなるからな」

宿に泊まったとしても、部屋からは出られないもんね。今のうちに思いっきり体を動かしておいてほしいかな。なるべく森へ出る様にするけれど、何が起こるかわからないもんね。

「うん。ご馳走様でした」

「ご馳走様」

しばらく休憩して村を目指す。私たちが動くと、こちらを探る気配を感じた。

「どうする？」

「シエルは魔力も気配も抑えているよな？」

「にゃうん」

「なら、無視しよう。関わらないほうがいい気がする」

お父さんの言葉に苦笑が浮かぶ。

「村に入る前から、何かに巻き込まれるのは嫌だよね」

宿に入ってゆっくりしたい。気配とか気にせず、眠りたい！

「そうだな」

お昼休憩と一回の休憩を入れて、ようやくハタル村の門が遠くに見えた。

「皆、バッグに入ってもらえるかな？」

「ぷっぷぷ～」

「ぺふっ」

「にゃうん」

「てっりゅりゅ～」

「ぎゃっ」

「トロンはカゴね」

ソラたちを順番にバッグへ入れて、カゴの中にトロンを入れる。トロンはお昼ごろに目を覚まし、ご飯を食べた後はシエルの頭にしがみついていた。

「トロン、門に入る時はカゴに蓋をさせてね」

「ぎゃっ」

鳴きながら頷くトロン。

「行こうか」

「うん」

門の近くまで来ると、冒険者が集まっているのに気付いた。

「やはり、何かあったんだな」

「そうだね」

「冒険者たちの装備を見るかぎり、魔物の討伐ではなさそうだな。やはり誰かを捜しているのかもな」

犯罪者が逃げ出したのかな？　森の中には、上位冒険者以外の気配はなかった気がするけど。

「お〜い。村へ入るのか？」

声に視線を向けると、こちらに向かって手を振っている男性がいた。

「あぁ、忙しそうなら時間を空けるが」

「大丈夫だ。彼らはすぐに移動するから。こっちへ来てくれ」

どうやら、冒険者たちの手続きは既に終わっているようだ。人数制限を掛けずに冒険者を集める場合、参加した冒険者たちを把握する為の手続きがある。その手続きを門番がする為、かち合うと待たされる事がある。運が悪いと一時間以上待たされる。

「悪いな。えっと、こっちにカードを当ててくれ」

男性の門番が指す方を見ると、白い板。お父さんと私が順番に商業ギルドのカードを乗せると、男性が確認してくれた。

「問題なしと。えっと、これは……違うな。今冒険者たちに渡したものだ……えっと……あれ？」

男性の前にある机には乱雑に積みあがった様々な書類。どうも村に入る為に必要な許可証が、見つからないみたいだ。

「ちょっと待っててくれ。あっ！」

「「あっ」」

男性の腕が当たったのか、崩れる書類の山。

「悪い。えっと、許可証」

男性が机の上を探し出すので、お父さんと書類の中身を見ないように集める。これって、私たちが見ていい書類ではないよね。いいのかな？

「隊長……何をしてるんですか！」

女性の怒鳴《どな》り声にびくりと体がふるえる。やはり、見ては駄目な書類だったのかな。お父さんを見ると、苦笑いをしている。

「すみません。本当にごめんなさい。えっと、誰でしょう」

「あぁ、彼らは今この村に入る許可を出した人たちだよ」

「はぁ～、えっと、ではどうぞ？」

「ははははっ。それが、許可証が何処か知らないか？」

「こんの、クソ隊長。だからいつも机の上、引き出しの中は綺麗にしてくださいってあれほど言っているのに！」

クソ隊長？　すごい言われようだな。

「いや、したよ」

「隊長が机を整理しているところを見た事はないですが！」

「二週間前は綺麗だっただろ？」

「あれは、私がしたんです！　というか二週間でどうしてここまでになるんですか」

これっていつになったら許可証が貰えるんだろう。

459話　チェチェの宿

「本当にごめんなさい。これが許可証です。隊長は仕事してください！　その書類は今日中ですからね！　逃げないでくださいよ」

「ありがとうございます」

「いえ、時間が掛かってしまって申し訳ないです。私はハタル村、外壁隊の副隊長をしているリアです。ようこそハタル村へ」

外壁隊？　聞きなれない言葉に首を傾げる。それにしても、この女性は副隊長さんだったのか。

……大変だろうな。

「ドルイドと言います。こっちが娘のアイビーです。少しの間ですが、よろしくお願いします」

「よろしくお願いいたします」

リア副隊長さんに軽く頭を下げる。

「丁寧にありがとうございます。この村は初めてですか？」

「いえ、かなり昔ですが俺は来た事があります。娘は初めてです。そうだ、値段が手ごろでおいしい料理を出す店を知りませんか？　屋台でもいいんですが」

「手頃でおいしい店ですね。ん〜、大通りをまっすぐ進んで三本目の角を右に曲がって少し歩くと『ロウシャの肉』というお店があります。その店のスープがおいしいんですよ。大きめの肉が入っていて食べ応えもありますし」

「『ロウシャの肉』ですね、ありがとうございます。アイビー、行ってみようか？」

「うん。楽しみ」

大きめの肉が入ったスープか、楽しみだな。

「今日の寝泊まりは、何処かお聞きしてもいいですか？」

「宿を探すつもりです」

「宿……あの、ちょこっと古い宿なんですが、おすすめがあるんです……どうでしょう？」

「古くても問題はないですよ。雨や風がしっかりとしのげれば」

「それは大丈夫です！　大工だった父さんが、しっかり宿の修繕《しゅうぜん》をしているので！」

父さん？　リア副隊長さんの家族がしている宿って事かな？

「場所は何処でしょうか？」

「えっと、大通りの二本目の角を左に曲がって、そのままっすぐ行くと『チェチェ』という名前の宿があります。そこなんです」

「わかりました、行ってみます」

「リア～、ここで営業は禁止だぞ～」

「営業ではなく、おすすめを紹介しただけです」

「いやいや、営業だろ」

「隊長、手が止まってますよ。だいたい営業禁止の決まりなんてありません」

二人の話に笑ってしまう。仲がいいな。

「では、色々と情報をありがとうございました」

「いえ。あっ、隊長！　警報の事は説明したんですよね？」

警報？

「あっ。忘れてた」

「もう、隊長！　すみません、警報について説明しますね。この村の周辺なんですが、数年前から壁をよじ登る魔物が出没する様になってしまって。その魔物が現れた時に、警報が村全体に鳴り響きます。初めての人は驚くと思うので気をつけてください。警報が鳴った場合なんですが、壁を越えて魔物が襲ってくる可能性がありますので、すぐに逃げられる様にしておいてください」

壁って、村を囲んでいる壁の事？　あの壁って魔物除けが練りこんであるから魔物が近付かないって聞いたけど、違ったのかな？

「魔物除けが効かないんですか？」

「どの魔物除けも効果なし、王都から強力な魔物除けを取り寄せたりしたんだけどな」

「普通に飛び越えてきましたよね」

隊長さんの言葉に、リア副隊長さんが諦めた様に溜め息を吐く。

「あぁ、無駄だったな」

「対処はどの様にしているんですか？」

お父さんの質問に隊長さんが肩を竦める。

「討伐だよ。激袋をぶつけても逃げないしな」

「えっ、あの激袋ですか？」

顔にぶつかったら、どの魔物もすごい勢いで逃げて行くのに？

「あぁ、アイビーちゃんだっけ？　君の知っている激袋より強力な激袋だとしてもだよ」

そうとう厄介な魔物なんだ。

「奴のせいで、外壁隊なんて部署が出来るし、隊長を押し付けられるし……」

あははっ、隊長さんがなんか怖い。それにしても、外壁隊か。この村独自の部隊だから、聞いた事ないわけだ。

「わかりました。警報が鳴ったら、すぐに逃げられるようにしておきます」

「そうしてくれ。リア～、お茶」

「その書類が終わったら、しかたがないので淹れて差し上げます。なので、とっとと手を動かす！」

「……昔は優しかったのに……」

「誰かさんのお陰で、それでは駄目だと気付かされましたので」

終わりそうにない会話にお父さんが苦笑を浮かべる。

「では、失礼しますね」

「あっ！　ごめんなさい。隊長のせいですからね！」

「俺か？」

会話を聞きつつ部屋を出てハタル村に入る。

「ふふっ、楽しかったね」

「そうだな。ただ、元気な時に会ったらもっと楽しめたかもな」

それは確かに言えるかも。疲れている時には、ちょっとしんどいかな？　でも、楽しかったし疲れたし。あれ？　言葉がおかしかった気が……そうとう疲れているかもしれないな。

「宿の名前は『チェチェ』で大通り二本目の角を左だな」

のんびり村の様子を見ながら宿を目指す。村の人たちは、楽しそうに会話をしたりお茶を飲んだりしている。冒険者が集められていたから、少し心配したけど村の人たちの様子からは大きな問題ではないように感じる。残った冒険者たちの様子も、特に緊張しているとかはない。

「普通だね」

「あぁ。上位冒険者まで駆り出されているから、大きな問題かと思ったが、どうも違うみたいだな」

「うん」

何だか変な感じ。関わらない様に気をつけよう。

「あっ、見つけた。確かにちょっとだけ周りより歴史を感じる建物だね」

ハタル村の建物の壁は緑系でまとめられている。チェチェの建物の壁も緑だが、時間が経っているのか少し剥《は》がれている。それが建物を古く見せている。

「古い感じだが綺麗に整頓されているみたいだし。ここで問題ないか」

「うん。問題ないよ」

お父さんがチェチェの扉を開けるとふわりと花の香りがした。

「いらっしゃいませ。この宿の店主でリフリと言います」

「門の所で、リア副隊長に会って紹介してもらいました」

「あっ、リアですか？　それはどうもありがとうございます」

少し白髪の交じった、体格のがっしりした年配のおじさんがうれしそうな表情をする。何だかほんわかする笑顔だな。

「お部屋のほうは、どうしますか？」

「簡易調理場はありますか？」

「すみません、ここにはないんですが」

簡易調理場はないのか。それは残念だな。

「あの、忙しい時間以外でしたら、調理場を使ってもらって構いませんよ」

「いいんですか？」

「はい。構いません」

やった。宿の調理場は大きいから一遍に色々作れるな。何を作ろうか、今から考えるのが楽しみ。

「二人部屋をお願いします。部屋は広めで」

広め？　今までそんな事は言わなかったのに。王都に近付いたから？　首を傾げると、店主さんは一つの鍵をお父さんに渡す。

「この宿で一番広い部屋となります。二階の一番奥です」

「わかりました。ありがとう。行こうか」

「うん」

あれ？　部屋の値段とか聞いたのかな？

「お父さん、値段は？」

「金貨一枚だよ。朝と夜の食事付き」

いつの間にそんな話をしていたんだろう？　おかしいな？

「どうした？」

「いや、いつの間にそんな話をしたのかなって……」

思い返してみたけど、聞いた記憶はやっぱりない。

「机の上に置いてあった紙に、部屋代の一覧が載っていたんだよ。あれ？　見てただろ？」

そんな紙があったかな？　あれ？　見た様な気がする。

「アイビー、もしかしてそうとう疲れているんじゃないか？」

「……そうかも、ちょっと頭がぼーっとする」

「ん？」

前を歩いていたお父さんが立ち止まって振り返る。そしてそっと私の額に手を伸ばす。

「少し熱いかな？　部屋まで歩けるか？」

「……大丈夫」

「には、見えないな。あと少しだからがんばれ」

460話　もう、大丈夫

ふと、香りがした。甘い様な香ばしい様な……。

「……お腹空いた……あれ？　あ〜、そっか。寝たんだった」

宿について部屋に入ると、お父さんにフレムのポーションを渡された。病気を治すポーション。風邪なのかな？　と思いながらポーションを飲むと、体がスーッと軽くなったのがわかった。もう大丈夫だと思ったけれど、休む様に言われて布団に入ったのを思い出した。そのあとの記憶がないという事は、すぐに眠ってしまったみたいだ。

「今何時だろう？」

窓から外を見ると、既に空が暗くなりかけているのがわかった。

「もう、そんな時間なんだ。四時間ぐらい寝たのかな？　それにしても、いい香り。何だろう？」

カチャ。

「おはよう、アイビー。体は大丈夫か？　何か口にしたほうがいいんだが、食べられそうか？」

声のほうに視線を向けると、お父さんが心配そうに私を見ていた。

「もう大丈夫。体も軽くなったし。それよりこの香り何？　すっごくお腹が空いた」

「あははは、食べられるなら、もう大丈夫だな。皆が心配しているから、起きられるならこっちの部屋で食べよう」

「うん」

お父さんが借りた部屋は、ベッドがある部屋とソファーが置いてある部屋が別のタイプの部屋だった。初めて、こんな大きな部屋に泊まるのでちょっと戸惑ったけど、ソラたちが少しでも部屋の中でのびのびと過ごせるようにする為らしい。

「皆、おはよう。心配掛けてごめんね」

「てっりゅりゅ～」

「ぷっぷぷ～」

「ぎゃっ」

「ぺふっ」

「にゃうん」

みんなの返事に、笑みが浮かぶ。

「そういえば、皆のご飯は……」

「終わっているよ。それより座って、食べよう」

「ありがとう。うわ～、すごくおいしそう。これ何？」

テーブルの上にあるのは、器に入った一口サイズの団子？　そしてその器の隣には、野菜がふんだんに使われた餡《あん》が置かれている。

「この村の名物の一つらしい。『だりゅ』と言って、小麦で団子を作って野菜餡を掛けて食べるんだって」

さっきから気になる香りは、この餡の香りかな。団子はちょっと焼いてあるみたい。

「普通の量でも食べられそうか？」

「うん、たぶん大丈夫だと思う」

お父さんが新しい器に、小麦の団子に野菜餡を掛けて渡してくれた。

「熱いからな」

「うん。いただきます」

「……いただきます」

団子を口の中に入れると弾力があって食べ応えがあり、餡は、野菜の旨味が引き出されている。

「おいしい」

「よかった。まだまだあるぞ」

テーブルの上には、団子の入った器が四個と餡が入った器が五個置いてある。おいしいけど、団子はお腹が膨《ふく》れそうだから、ちょっと買いすぎな気がするな。

「そうだ。買い物ついでに周りの様子を見てきた」

「どうだった？」

お父さんが少し考えるそぶりをする。何かあったんだろうか？

「魔物について訊いても、特に緊張する事なく話をしてくれたから、既に慣れた感じだな」

それだけ頻繁に、魔物が現れるって事なのかな？

「それと、冒険者たちが捜してるモノがわかった」

その言葉に、少し前のめりになる。だって上位冒険者まで動いているんだもん。気になってしかたがない。

「教会からお金を持って逃げ出した信者らしい」

……教会？　関わったら駄目だと、再三にわたって注意されたあの教会？　それにお金を持ち逃げした信者？

「えっと……関わらないほうがいいよね」

「当然だろうな。アイビーが不安なら、すぐにこの村を出発する事も出来るが、どうする？」

「どうする？」と聞かれても。

「もう少し、調べてみてからでもいいんじゃない？　すぐに信者が捕まるかもしれないし」

私の言葉にお父さんが、神妙な表情で頷く。あれ？　何か気になる事でもあるのかな？

「わかった。ただ、その情報がどうも信用出来ない」

「そうなの？」

「あぁ、逃げた信者について調べたんだが、普通の少年だったらしい」

普通の少年？

「その少年を捜す様に、この村の上位冒険者チームに依頼がいったのが昨日。森の中で感じた気配は彼らだろう」

あの気配の抑え方は上位冒険者だろうから、間違いないと思う。

「ん？　普通の少年を捜すのに、上位冒険者チームが三つも動いたの？　それって、おかしいよね？」

上位冒険者チームが動くのは、逃げた人が危ない場合が多い。例えば、私利私欲で人を殺した冒険者が逃げた時などは、次の被害を防ぐ為に上位冒険者に依頼がいく。それが、普通の少年を捜すのに上位冒険者チームが三つ？　首を傾げると、お父さんが頷く。

「上位冒険者チームを動かすには、それなりの金が必要になる」

確かに上位冒険者チームだと、一気に依頼料が跳ね上がるもんね。つまり、そのお金を出してでも捕まえたいって事になる。逃げたのは、特別な少年って事？

「少年が盗んだのが本当にお金なのか、気になる所だな」

なるほど、教会にとって重要な何かが盗まれた可能性があるのか。

「調べるの？」

「いや、関わるつもりはない。だが、情報が本当かどうかは確かめないとな。何かを隠しているなら、ここの教会には問題がある。すぐにこの村を出発したほうがいいだろう。巻き込まれるのはごめんだからな」

うん、巻き込まれるのは絶対に嫌だ。

「ご馳走さま」

「おいしかったな。それだけ食べられたら大丈夫だな」

「うん」

ちょっと食べすぎちゃったな。お腹を押さえると、ちょっとポッコリしている。……動くのつらい。

「そうだ、お父さん。調理場を借りられないかな？　いつ出発するかわからないなら、作り置きのご飯を準備しておきたいから」

「わかった。明日いつ使えるか聞いておくよ」

「ありがとう。よろしく」

問題があったら、すぐに動ける様にしておかないとね。それにしても、教会に関わらない様にしても、村で問題になっていたらどうしようもないよね。ジナルさんたちに怒られそう。絶対に関わるなと、何度も、何度も言われたのに。いや、これは不可抗力って奴だよね。

「あっ！　お父さん」

「どうした？　もう寝るか？」

お父さんに視線を向けると、本を読んでいる姿が見えた。

「……おじいちゃんたちに、『ふぁっくす』の返事を送らないと」

「おじいちゃん」と「おばあちゃん」と呼んでほしいと、『ふぁっくす』に書いてあったけど恥ずかしいな。これ、二人に向かって呼べるかな？

「『ふぁっくす』？　あっ、そうだった。ドルガス兄さんと奥さんにお祝い……」

ドルガスさんの奥さんが妊娠の報告してくれたのに、放置しちゃってたからね。すぐにお詫びとお祝いの『ふぁっくす』を送らないと、誤解してそう。

「そういえば、シリーラさんの赤ちゃんと同じ年だね。遊びに行ったら賑やかそう」

「そうだな。子供が二人増えているのか……不思議な感じだな」

そういえば、ラットルアさんから少し任務で忙しくなるという返事をもらってから、連絡が途絶えているな。この村から送っておこうかな？　でもこの村にいつまでいるかわからないし……次の村で送ろうかな。

「どうした？」

「ラットルアさんたちから返事がなかったなって思って」

「確か、任務が入ったと言っていたな」

「うん」

「魔法陣の問題もあるし、何かあったかもしれないな」

「そうだね」

ラットルアさんたちは強いけど、心配だな。怪我とかしてないよね？　よしっ、この村にはいつまで滞在するかわからないから、次の村で『ふぁっくす』を送ろう。……忘れなかったら。

461話　屑？

商業ギルドに入ると、値段の交渉をしている人がいた。とても珍しい商品なのか、かなりがんばっている。

「珍しいな」

「うん。交渉する人、少ないもんね」

商業ギルドでは値段の交渉は出来るが、持ち込んだ商品を鑑定するのはマジックアイテム。マジックアイテムが出した査定を覆すのは一筋縄ではいかない為、交渉する人は少ない。ただ、あまり出回らない物だった場合は、稀《まれ》にマジックアイテムが出した査定額より高値で取引される事がある。それに賭けて、交渉をする人がいる事はいる。あまり成功したとは聞かないが。

「さて、『ふぁっくす』は……あそこだな」

商業ギルドの隅に区切られた場所が見えた。ここは簡易的な壁で区切られているようだ。珍しい。ほとんどの村では、机が置かれているぐらいなのに。

「アイビーも送るんだったよな」

「うん。ラットルアさんに」

『ふぁっくす』を扱う場所には、少し気が弱そうな男性が一人。

「すみません、『ふぁっくす』の紙を貰えますか」

「はい。どうぞ」

お父さんがさっそく『ふぁっくす』の紙を貰い、椅子に座って手紙を書きだした。私も二枚貰い、ラットルアさんに向けて手紙を書く。

「あれ？　オグト隊長から返事がなかったな」

皆、忙しいのかな？　あっ、師匠さんはどうしよう？　ハタカ村では、調べ物をしてもらったし、無事な事を伝えたほうがいいよね。

「お父さん」

「どうした？」

「師匠さんには、お父さんが送ってくれる？」

私より、お父さんのほうがきっといい筈。

「げっ……」

そんな嫌そうな顔をしなくても……。

「あ〜、無事な事は報告しておかないとな」

「うん」

追加の紙を貰いに行くお父さんを見る。やっぱり、オグト隊長にも無事な事を伝えておこう。それとラットルアさんにもオグト隊長にも、すぐに村を出発する可能性があると伝えておこう。そうすれば、返信は考えてくれる筈だから。まぁ、忙しかったらこの『ふぁっくす』も、いつ読まれるかわからないけどね。

「あとは……」

フォロンダ領主は、村に着いたらその都度『ふぁっくす』を送るように言われているけど、やっぱり送ったほうがいいのかな？　どうしよう……少し村の様子を見てからのほうがいいかな？　忙しい方だもんね。……うん、村の様子を見てからにしよう。

「どうした？」

「フォロンダ領主はどうしようかなって思って」

「村に着いたらその都度、『ふぁっくす』を送ってくれと言っていたな」

「うん」

「今日、村を回ってから決めよう」

よかった。私と同じ判断だ。

「うん。私もそれがいいかなって思ってたんだ」

新たに貰った紙にオグト隊長への手紙を書く。気の弱そうな男性に、『ふぁっくす』を渡しそれぞれに送ってもらう。

「ありがとうございました」

「いえ、またどうぞ」

男性に軽く頭を下げる。何だろう、ちょっと見られてる気がするんだけど、気のせいかな？

「送ったのか？」

「うん」

お父さんと商業ギルドを出ると、森から帰ってきた冒険者たちの姿があった。その表情から、逃げた人はまだ捕まっていない事が窺えた。お父さんを見ると、冒険者たちを見ずに何かを考え込んでいる。

「どうしたの？」

「いや。『ふぁっくす』を送るのが、かなり遅かったから……怒っていないかちょっと心配で」

ずっと仲違いをしていた、お父さんとドルガスさん。少し改善された関係が、『ふぁっくす』が原因でまた悪化しないか心配なのだろう。

「事情は説明したんでしょ？」

「あぁ、問題に巻き込まれてしまった事は、詳しくは書けなかったけどな」

まぁ、魔法陣については書けないよね。

「大丈夫だよ。きっと」

ドルガスさんの周りにいる人たちが、きっと助けてくれる筈だから。

「そうだな。そう信じるしかないよな」

お父さんが何度か頷くと、小さく息を吐いた。

「さて、洗濯場へ行くか」

お父さんが気を取り直すように、洗い物が入っているマジックバッグを担ぎ直す。

「うん。今日はいい天気だし、洗濯日和だね！」

私の言葉に、お父さんが笑う。今回は宿を借りているので、洗濯は別に宿でも十分出来る。でも、噂を聞くには洗濯場が一番。あそこは、おしゃべりな女性や男性が集まりやすい。運がよければ「ここだけの話」が二、三個聞けるのだから。本当にぎょっとする噂話もあるので、ちょっとだけ気を引き締める。

「そういえば、洞窟で採ってきた魔石は売らないの？」

商業ギルドに行ったのに、魔石を売らなかったお父さんに首を傾げる。特に焦って現金に換える必要はないけど、少しは売ってもいいのではと感じる。

「この村ではやめておこう。困っているわけでもないしな」

「わかった」

目立たない為かな？　村の様子を見ながら、洗濯場へ向かう。村の人たちは、逃げた少年については気にならないのか噂をしている様子はない。

「気にしてないね」

「そうだな、昨日はもう少し気にしていたが……」

洗濯場に着くと、村の人たちや冒険者たちの姿が見える。

「洗濯場は何処も混んでいるよね」

「冒険者たちはため込んでから洗うからな、時間が掛かるんだよ。ほら、あそこ」

お父さんが指したほうを見ると、カゴに大量に積まれた洗濯された服。

「あれは、溜め込みすぎでは？」

「男だけのチームで注意する者がいなかったら、あんなもんだぞ。汚れ物の中から、綺麗な物を探して着る事もあるしな」

うわ～。それは駄目。許せない。

「お父さんは、そんな事しちゃ駄目だよ」

「俺はしてないから！　アイビー、目が怖いから！」

空いた場所を探して、お父さんと洗濯を始める。お父さんは片手だけど、力が強いのでごしごし洗いはお手の物。洗濯板もあるしね。洗濯物を洗ったり、すすいだりしながら周りの声を拾っていく。

「そういえば、久しぶりにお忍びがあったみたいだね」

「そうなの？　ここ最近はなかったのに」

お忍び？

「見た奴がいるんだよ。ここ二年ぐらいは減っていたのに」

「本当だよ。で、来た奴はどんな奴だったって？」

「それが、見た目は貴族みたいだったけど、何だか嫌みな感じだったらしいよ。恰好が違ったら貴族には見えないだろうってさ」

貴族？　お忍びって、内緒で貴族の人が来たって意味かな？

「そうなのかい？　まったく、教会の屑どもはいったい誰を招いたんだい」

……屑？

「ほんとだよ。あの屑ども、ここ二年は大人しくしていたくせに」

少し驚いてしまった。まさか、村の人に教会が嫌われているとは思わなかった。しかも屑とまで言われている。お父さんを見ると、複雑な表情になっている。

「いた！」

少し焦った声に視線を向けると、四〇代ぐらいの女性がいた。彼女は、隣で噂話をしていた女性たちを見つけると、その間に入って話し出す。

「ちょっと、聞いた？　逃げた少年はお忍びで来た屑に何かされたんじゃないかって」

え〜。ぐっと口に力を入れて、洗濯に集中する。

「そうなのかい？　冒険者ギルドはどうして動いているんだい！　あんな屑たちの為に」

「本当だよ。冒険者どもも冒険者どもだ」

何だろう。すぐに村を出たほうがいいのかな？

「そういえば、上位冒険者たちも動いているって？」

「そうそう。あんな屑の依頼を受けるなんてね」

これって噂話なのかな？　どんどん、声が大きくなり洗濯場で彼女たちの声が響いている。

「おい、依頼を受けるのは当たり前だろう。金を持ち逃げ――」

「はあ？　それもあの屑たちの言った事だろうが！　本気にしてるの？　あの屑たちの言う事を！

あぁ？」

冒険者が注意をした瞬間、別の場所で洗濯をしていた女性が立ち上がり注意をした冒険者に怒鳴りつける。洗濯場にいた女性たちはその怒鳴った女性に賛成なのか、冒険者を睨みつけた。

「いや、その……」

「それが本当の事なのか調べたの？　もちろん調べたんだよね？」

新たな女性が冒険者に静かに問う。

「……」

「はっ、まさか調べてないとか？　そりゃ、そうか。教会のする事には口が出せないもんね。どんなにそこにいる奴らが、人として最低でも屑でも虫けらでも、教会だからね」

ひどい言われようだな。でも、それだけの事をしてきたって事なんだよね。とりあえず、急いで洗濯を終わらせよう。

462話　話を聞こう

洗濯物をすべて洗い終わると、そっとその場を離れる。既に教会の奴？　を屑と言っていた人たちはいないが、洗濯場に来る女性の多くがそう思っているのか延々と似た様な話がされていた。

「お父さん。教会がここまで嫌われる事はあるの？」

私の言葉に首を傾げ考え込むお父さん。しばらくして、何か思い出した表情をした。

「俺が子供の頃の話だけど、王都の近くの町が教会の存在を拒否して追い出したと聞いた事があるな。あれはどの町だったかな？」

町から教会を追い出した？

「教会って、町や村の人たちにとって拠《よ》り所なんだと思ってた」

私が生まれた村では、皆が何かある度に祈りに行っていた。私も五歳の頃までは、祈りに行った記憶がある。だから、教会の内情を知ってちょっと衝撃だったんだよね。

「普通は拠り所になるように、教会側が動くんだが」

「そうなんだ」

「あぁ、教会を維持するのに必要なお金は、教会がある村や町の人たちからの寄付金で賄《まかな》う事が決まっている。だから、教会にとって住民は大切な存在なんだ」

大切にされていたら、あんな言葉は出てこないよね。

「あそこまで嫌われていて、寄付金は集まるのかな？」

屑がいる場所に、普通はしないよね。それとも村の決まりで寄付しないと駄目とか？

「集まらないだろうな。あっ、あの先に見えているのが教会みたいだな」

お父さんの視線の先を追うと、白い建物が見えた。今まで見てきた教会より、綺麗な建物。

「お金があり余っているみたいに見えるね」

壁や窓に施されたデザインが、とても資金に困っている様には見えない。

「そうだな。あれはどう見ても、そうとう金を掛けてるな」

白い建物を見ていると、中から冒険者たちが出てくるのが見えた。町の人たちは、出てきた冒険者たちをちらりと見るが、すぐに興味をなくした様に視線を逸らす。あっ、違う。睨みつける女性たちがいる。

「行こう」

「うん」

そういえば、洗濯場で怒っていたのも女性だったな。それに教会から出てきた冒険者たちを睨んだのも女性。男性は？　えっと……洗濯場では……いたけど、どうしてたっけ？

「お父さん」

「どうした？」

「教会を嫌っているのは、女性が多いみたいだね」

「あぁ。男性たちは、居心地悪そうに視線を逸らしていたな」

そうだったんだ。さすがお父さん、ちゃんと見てるな。

「おそらく、襲ったんだろう」

「襲った？」

「あ～、アイビーには言いにくいが……」

「ん？」

私には言いにくい事？

「教会の連中が村の女性か子供でも襲ったんだろう。それで村の女性たちから嫌われているんだ。男性たちは教会だからと目を瞑ったか、何か力が働いたか」

「なるほど」

「まぁ、正解かどうかはわからないけどな。でも、女性たちを本気で怒らせる何かがあった事は確かだろう」

お忍びで来る人を、毛嫌いしている様子だったな。

「お忍びで来た貴族が原因かな？」

何かの力って貴族の権力かもしれないよね。

「まぁ、あの雰囲気からしてそうだろうな」

もし本当にお父さんの言った様な事があったとしたら……。

「貴族って最低」

フォロンダ領主みたいな人は珍しいと思っているけど、お忍びで来た貴族は屑だな。まぁ、本当の所はわからないんだけど。

「あっ、違和感の理由がわかった」

「えっ？　違和感？」

「予想は当たっているかもな」

何の話？

「襲われたのは子供かもしれないな」

「なんで？」

「気付かないか？」

気付かない？　お父さんが歩きながら周りを見回しているので、私も周りを見てみる。もうすぐ昼になるからなのか、朝より活気がある。人の数は多くなり、あちらこちらで立ち止まった人たちが話で盛り上がっている。屋台の人たちは、笑顔で声を掛けている。他の村と変わらない風景……あれ？

「……子供たちがいない？」

もう一度、周りを見回す。親に抱っこされている、幼い子供はいる。けれど、一〇歳前後の子供たちが一人もいない。昨日、宿に向かう時はいたのに。なのに、今日は……そうだ、朝から見ていない。どうして？

「お忍びがあったからじゃないか？　何かあったら嫌だから外に出ない様に言ったんじゃないか？」

「なるほど」

あれ？　……何だろう？　見られている様な気がするんだけど、気のせいかな？

「あ〜、いた！」

えっ？　声が聞こえたと思ったら、昨日会ったリア副隊長さんが私たちの元へ走って来た。

「よかった。無事ね」

無事？

「今すぐ宿に戻って」

焦った様子のリア副隊長さん。

「わかりました。アイビー、戻ろうか」

「うん」

リア副隊長さんと一緒に宿まで急ぎ足で戻る。こちらの様子を窺っていた村の人たちが、何処かホッとした表情を見せている。何なんだろう？

「ただいま」

「ん？　リアか？　どうした？」

「もう！　お父さん！　教会に屑が来てるんだから、ドルイドさんにちゃんと説明してよね！」

あっ、リア副隊長さんも屑って言った。

「やっぱり」

「お父さん？」

「子供たちが、お忍びで来た者たちに連れていかれない様にしたのか？」

お父さんの質問に、驚いた表情のリア副隊長さんが頷く。

「すみません。ここ一年……二年ぐらいかな？　お忍びがなかったので、気を抜いていました」

「何があったんだ？」

「それが……」

リア副隊長さんが戸惑った表情で視線をさ迷わせる。

「リア副隊長」

お父さんに名前を呼ばれると、大きく溜め息を吐きお父さんをまっすぐ見つめた。

「アイビーに何かあってからでは遅いですからね、ちゃんと話します」

「お願いします」

食堂に入ると、店主さんがお茶を入れてくれた。洗濯中に体が少し冷えていたのか、飲むとぽかぽかと体が温かくなる。

「えっと、まずは話を聞いてください。ドルイドさんは教会にその……信頼を――」

「いえ、まったく。皆無です」

お父さんの言葉にリア副隊長さんと店主さんがぽかんとした表情を見せる。そんなに珍しい事なのかな？　私が今まで出会ってきた人たちは、お父さんに近い人たちが多かったけど。あっでも、旅の無事を教会で祈ってもらう人も多かった様な気がする。

「なんだ、そうなんだ。よかった」

リア副隊長さんが安心したと、体から力を抜いた。

「証拠はないんです。でも、教会の屑どもがこの村の子供たちを貴族に売った」

「最悪ですね」

私の言葉に、リア副隊長さんが頷く。

「でも、調べる権限がなくて。その当時のギルマスは貴族に買収されて役に立たなかったし」

「それは……大変でしたね」

お父さんの言葉に、「そうなんですよ！」とリア副隊長さんが机を叩く。

「元々、態度の悪い司教と司祭だったんですけど。二〇年ほど前からどんどん態度が悪くなって。寄付金が集まらなくなっても、全然気にしないの。お忍びで貴族が来て多額の寄付をしていくから。でも、まだそれだけだったら無視していればよかったんです。なのに、貴族が来る様になってから、二一人の子供たちが消えた。子供が消えた時、すぐに教会を調べようとしても、証拠がないだの、権限がないだの」

証拠か。教会は、証拠や証言がいくつあっても無駄だと思う。

「この村の男どもは、ギルマスの命令には逆らえないとかほざくし」

リア副隊長さんの言葉に、店主さんが苦笑を浮かべる。

「ギルマスは今も、買収された者が？」

「いえ、違う人です。前のギルマスは、既に奴隷落ちしています」

リア副隊長さんがうれしそうに言うのがちょっと怖い。まぁ、自業自得なんだろうけど。

「今のギルマスは大丈夫。信頼出来る人です」

463話　やっぱり不便

信頼出来る人？　でも、冒険者たちを使って少年を捜しているんだよね？　私の様子を見たリア副隊長さんが苦笑した。

「確かに、教会から依頼が来てしまったのでしかたなく捜索隊をつくってますけど、それを予測して前日の夜に上位冒険者たちに少年を捜す様に指示してました。まぁ、これは門番たちしか知りませんが」

そうだったんだ。

「なるほど。だから上位冒険者が三チームも動いたのか」

「はい。中位冒険者たちは問題ないのですが、下位冒険者たちの中には教会側につく者もいるので、捜索隊が出る前に少年を保護しようとしたんです」

リア副隊長さんの表情が曇《くも》る。それを見たお父さんが、小さく息を吐く。

「見つからなかったのか？」

「はい。少年、ビスというのですが彼は冒険者ではなく、商家の次男で森に詳しくはありません。そんな彼が、上位冒険者たちから身を隠すのは難しい筈なんです。なのに見つからなくて……」

おかしいな。森の中を移動すれば、上位冒険者でも完全に痕跡を隠すのは難しいとシファルさんが言っていた。ビスという少年が森に詳しくないなら、絶対に痕跡は残る筈。それがないという事は……森にいない？

「森にいない可能性はないのですか？」

そういえば、どうして森だと思ったんだろ？　森に出るには門を越えなければならない。門で、止められると思うんだけどな。

「あ〜それは……実はビスと仲のいい門番がいまして、ビスからお菓子を貰ったらしく、休憩時に食べたらそのまま眠ってしまったようで。どうやら薬を使われたみたいです」

なるほど、眠らせて森へ……本当に森へ行ったのかな？　そう見せかけただけとか？

「森に痕跡がないのは、森へ行った様に見せかけただけだからでは？」

リア副隊長さんが神妙に頷く。

「ドルイドさんは、商人ギルドのカードでしたけど、元冒険者ですか？　鋭いから驚きました」

「いや、これぐらいなら少し考えれば気付くだろう。上位冒険者やギルマスも気付いたんだろ？」

「まぁ、そうですが。話を聞いただけなのに、すごいですよ」

リア副隊長さんの言葉に、お父さんが苦笑を漏らす。

「アイビーも気付いたと思うが。気付いた？」

「えっと、はい。見せかけかな？　っと……」

これまでの話を聞けば、普通は気付くよね？　私の返答に、少し目を見開いたリア副隊長さん。

「あっ、もしかして噂を広げたのはギルマスか？」

噂？　今日洗濯場で聞いた、あれの事かな？

「えっと……はい。そうです。この村の男性陣は当てになりませんが――」

「おい」

店主が不服そうに声を出すが、リア副隊長さんは綺麗に無視。

「女性たちは力になります。彼女たちが睨みを利かせていれば、ビスに無体な事は出来ないだろうという事で、噂が早く広まる様にしました」

なるほどね。確かにこの村の女性たちは、すごい見張り役になりそう。というか、守る為なら少しの攻撃ぐらいしちゃいそう。

「そうか。この話は秘密だったりするのか？」

「そうです。すみませんが誰にも言わないでください」

「わかった」

お父さんの返事に安心した表情のリア副隊長さん。

「訊きたい事があるんだけど、いいか？」

「はい。協力していただけるみたいなので、答えられる事であれば答えます」

「なぜ貴族がこの村の教会に来るのか。理由はわかっているのか？」

確かに気になる。どうも、色々やってそうな貴族が集まっている様な雰囲気だし。そういう貴族の場合は、利益がないときっと来ない。

「それが、わからないのです。昔は、態度が悪くてもそれなりに村と関わっていました。でも、二〇年ぐらい前から、村と距離を置きだして、態度もどんどん悪化して。気付いたら貴族がお忍びで教会に来てました。二〇年前に何があったのか、調べても何も出てこなくて」

リア副隊長さんが悔しそうな表情をする。それに首を傾げる。彼女は、二〇代後半に見えるので直接関わってはいないと思うのだけど、関係者の様な印象を受ける。

「あの時、私にもう少し勇気があれば、尻尾を掴めたかもしれないのに」

あれ？　見た目より年上？

「リア副隊長さんって、何歳ですか？」

訊いては駄目かなって思うけど、気になる！

「年ですか？　私は四五歳ですよ」

「「えっ！」」

うそ。まったく見えない。

「二〇代後半かと思ってました」

私の言葉にうれしそうに笑うリア副隊長さん。笑うともう少し若く見えた。

「あっ、こんな事を話したいのではなくて……えっと？　何処まで話しましたっけ？」

おおよその事がわかったので、もう十分だけどな。

「あっ、そうでした。お忍びで来た貴族が子供好きの可能性があるので、数日アイビーを外には出さない様にしてください。貴族が権力を盾に何かしてくる可能性があるので」

うん、そうだと思った。村の女性たちが私を心配そうに見ていたのは、貴族が関わっているからだろうな。

「わかりました。やる事もあるので、宿から出ません」

宿に籠《こも》っている間に、マジックバッグに蓄えておく料理を作ってしまおう。やる事があるし、ちょうどいい。

「すみません。教会の力はやっかいで……」

リア副隊長さんは、仕事の合間を縫ってきてくれていた様で、話が終わるとすぐに仕事に戻って行った。私の為に、忙しい思いをさせてしまったな。

「ドルイドさん。情報が遅くなってしまい申し訳ありません」

店主さんが、お父さんに頭を下げる。

「問題ないので、顔を上げてください。それより、調理場を貸してもらえませんか？」

お父さんの言葉に首を傾げる店主さん。

「旅の道中で食べる料理を作って、マジックバッグに蓄えていたんですが、この村に来るまでにすべて食べてしまったので、また作り置きをして蓄えておきたいんです。少し多めに作りたいので、調理場の空いている時間に貸してもらいたいんですが」

「あぁ、なるほど。えっと……今からなら大丈夫ですが」

今からとなると、材料がないな。

「明日でも大丈夫ですか？　材料を買いに行きたいので」

材料の買い出しはお父さん一人にお願いする事になってしまうな。村も色々見てみたかったのに、残念。

「あの、明日でいいなら材料は一緒に買いますけど」

一緒に買う？

「宿に卸《おろ》してもらっている野菜でよければ、今から発注を掛けるので」

それはうれしいかも。卸しの値段で買えるって事だし。

「いいんですか？　ご迷惑では？」

「それはないです。多く注文すると、こちらにも得があるので」

そうなんだ。

「では、お願いします。あ、こめも注文出来ますか？」

「こめ？　こめってあのこめ？」

「……たぶん、そのこめです」

すごい会話だな。これでまったく予想と違うこめがきたらおもしろいな。焦るけど。

「アイビー、必要な野菜を書き出してほしい」

「わかった」

やる事があってよかった。それにしても、宿に籠る事になるなら、作り置きが完成したら出発したほうがいいかな？　長居すると、教会との関わりが出来ちゃいそうだし。

「えっとまずは、丼の具に必要な物から、あとはサラダとスープ。お父さん、何か作ってほしいものある？　何でもがんばって作るよ」

「おっ、うれしいな。……前に食べた、肉を小さく切って薄くして焼いた物をパンに挟んだ……なんだったかな？　名前が思い出せないけど」

もしかしてハンバーガー？　サンドイッチとの違いがよくわからなかったけど、丸い白パンを見つけて挑戦したんだよね。お肉を小さく小さく切って、捏《こ》ねて、薄くのばして焼いて白パンに挟んで食べたっけ。

「ハンバーガー？」

「確か、そんな名前だったかな？」

ん～、パン屋に行って丸い白パンがあれば出来るけど、あまりないんだよね。お店に見に行って……駄目だ。宿から出ないほうがいいんだった。やっぱりちょっと不便かな。

464話　ケミアさん

「これで二回目の発酵が終わったら、焼いて完成になります」

宿『チェチェ』の店主さんの奥さん、ケミアさんからパンの作り方を教えてもらいながら初めてのパン作り。初めて触るパン生地は、ふかふかしていておもしろい。

お父さんがハンバーガーを食べたいという事だったので、丸い白パンがあるか店主に訊くと奥さんがパン作りが得意だからと、焼いてくれる事なった。店主の奥さんケミアさんは気さくな人で、作っている所を見学したいというと「それなら一緒に作りませんか？」と誘ってくれたのだ。興味があったので、一緒に作らせてもらったのだが、生地を捏ねるのは思っていたより大変で腕がプルプルしている。

「ありがとうございます。パンって手間も時間も掛かるんですね」

パン作りでは、イースト菌による発酵がとても大切らしい。上手く発酵出来なかったら膨らまないし、しすぎても味がおいしくなくなるらしい。ケミアさんが言うには、使う小麦でも違ってくるらしく、パン作りは奥が深いと言っていた。確かに、思っていたより大変だった。

「そうね。確かに手間も時間も掛かるわね」

作る工程を考えると、旅の途中でパンを作るのは無理だろう。村や町で大量に作って、マジックバッグに入れておくのが一番いいかな。発酵が終わったパンを、窯に入れて焼いていく。

「すごくいい香り」

香ばしい香りが調理場に広がる。香りでお腹がすきそう。

「本当ね。上手に膨らんだみたいよ」

「本当ですか？」

窯の中を遠くからそっと覗く。確かに膨らんでいる様に見える。

「よかった」

「ねぇ、アイビーさん」

「はい、なんですか？」

ケミアさんを見ると、なぜかすごい笑顔で私を見ていた。それに驚いて、ちょっと体が引いてしまう。

「ぱんばーばー？」

ぱんばーばー？　ってハンバーガーの事？　何かすごい名前になっているな。

「昨日聞こえちゃって、どんな食べ物なの？　すごく気になっちゃって」

ほしい野菜を書き出している時の、お父さんとの会話が聞こえたらしい。

「えっと、ハンバーガーはパンに野菜やお肉を挟んで食べるジャン……？」

あれ？　今、何か言おうとしたけど何だった？

「じゃん？」

「いえ、何でもないです。お昼などにぴったりのパン料理です」

作ってみたほうがわかりやすいよね。

「あの、お昼に食べれる様に一緒に作りませんか？」

「あらっ、さっきとは逆で今度はアイビーさんが先生ね。お願いするわ」

うれしそうにするケミアさん。今から作ると、ちょっとお昼をすぎちゃうけどいいのかな？

「お肉を挟むって言ったわよね。どれがいいかしら？　パンに味はついているほうがいいのかしら？」

「いえ、味はついてないほうがいいです」

「わかったわ。ん～、これにしましょ」

ケミアさんが、マジックボックスから肉の塊を取り出してくる。見ると、脂の入り方から見てちょっと高級な肉だとわかる。

「ケミアさん、お肉は細かくミンチにするので、安い肉でも大丈夫ですよ」

というか、それって夕飯用のお肉では？

「そう？　細かくするの？　塊じゃないんだ」

ちょっと残念そうにするケミアさん。

「お肉好きなんですか？」

「お肉の塊が好きなの！」

笑顔で答えるケミアさんの全身を見る。二〇代でも十分に通る若々しさに、ほっそりした体形。これで肉の塊が好きと言われても、冗談にしか聞こえない。

「細かく切っちゃうなら……あっ、お肉の余った所でもいいのかな？」

「はい。十分です」

「お肉って、どうしても端が残るのよね。いつもスープにするしかなくて困ってたのよ」

そういえば、昨日の夕飯で出たお肉は、硬さが違う端の部分はすべて取り除かれていたな。他の宿では、あまりそういう事はしないから驚いたっけ。この『チェチェ』では、それが当たり前みたいだけど。

「マジックボックスの中を見てもいいですか？　必要な物があって」

「いいわよ。ハンバーガーに必要な物は何でも使っていいから」

……夕飯はいいのかな？　とりあえず、お肉も細かく切らないと駄目だし、とっとと作ろう。

「これ、おいしい。やだ、残りも食べちゃっていいかしら？」

「えっと……はい」

あの量のハンバーガーは、何処に消えたんだろう？　すごい勢いでケミアさんの口の中に消えていく、ハンバーガーを見つめる。こういうのってなんて言うんだっけ？　「痩せの大食い」だったかな？

「それにしても、おいしいわ。これは絶対にこの宿でも出すべきね。うん」

気に入ってくれた様でよかった。まぁ、気に入らなかったら六個も食べないよね。出かけている店主さんとお父さんの分は、最初に別にしておいてよかった。

端肉を大量に貰ったので、がんばって細かく切ってそこにみじん切りにして炒めた玉ネギと塩と胡椒を少し入れて混ぜ混ぜ。六の実を解して入れて、砕いた黒パンをちょっと入れて、薬草も入れて混ぜ混ぜ。丸く薄く成形してこんがり焼いたら、ひとまずお肉の準備は終了。パンの間に、葉野菜と焼いたお肉を挟んでソースを少し掛けて完成。自分でも満足いくハンバーガーが出来たと思う。パンは失敗する事なく、ふんわり焼けたし。間に挟むお肉も、大量に貰ったので厚みもあるし。

「あっちは駄目かしら？」

「駄目ですよ。店主さんとお父さんの分なので」

え～、まだ入るの？　ケミアさんの体形をもう一度確かめる。あっ、お腹のあたりがポッコリしている。……大丈夫なのかな？

「端肉でも十分においしかったわ。薬草の新しい使い方もわかったし。ありがとう」

「いえ、こちらこそ。おいしいパンの作り方をありがとうございます」

ケミアさんとあと片付けを始めると、出かけていた店主さんとお父さんが戻ってきた。

「お帰り、どうだった？」

調理場に顔を出したお父さんに声を掛ける。

「あぁ、野菜のいい物を店主が見つけてくれたから、いい買い物が出来たよ」

必要な野菜のリストを店主さんに見せると、思ったより野菜の種類が多岐にわたっていたらしく発注を掛けずに翌日お店のほうに買い出しに出かける事になった。朝早くから出かけていたのだが、様子を見るかぎり店主さんもお父さんもほしいものを手に入れてきたようだ。

「よかった。あっ、お昼は食べちゃったかもしれないけど、ハンバーガーを準備しておいたよ。店主さんもどうですか？」

「本当か？　あれ、おいしいよな」

「ハンバーガー？」

店主さんが驚いた表情で私を見る。その、大げさすぎる驚き方に首を傾げる。そんなに驚く事なんて、あったかな？

「残っているのか？　ケミアが残してくれたのか？」

あっ……なるほど。

「はい。最初に二人分は除けましたから」

店主さんの様子から、ケミアさんの食べる量はあれが普通なのかもしれない。あっ、ケミアさんがあの量を食べるって事は、店主さんも食べるのでは？

「二個ずつしかないですが……」

絶対、足りないよね。もう、パンも残っていないから追加で作れないし。

「ありがとう。結構な量だな」

「んっ？」

あれ？　今、店主さんは結構な量と言ったのかな？　もしかして足りるのかな？

「アイビーさん、旦那は食べる量が少ないから大丈夫よ」

ケミアさんの言葉にほっとする。よかった。

「ケミアに比べたら少ないだろうけど、普通だからな」

店主さんが、少し呆れた表情でケミアさんに言う。その言葉に、少し不服そうな表情のケミアさんはお菓子を食べている。まだ、入るのか。

465話　本当に屑だ！

食事が終わったので、部屋に戻りお茶を入れる。

「お父さん、野菜は問題なかった？」

「あぁ、書いてあった野菜はすべて手に入ったよ。こめも大丈夫だ」

よかった。これで作り置き予定の料理がすべて作れる。

「今日のハンバーガーの肉だけど、前と違ったな」

「あ〜……量が多くて、途中で挫折したの。前のほうがよかった？」

大量の端肉にがんばったんだけど、腕がつらすぎて途中から少し大きく切ってしまった。それでもがんばって小さく切ったんだけどな。

「いや、前のより食べ応えがあって俺はこっちも好きかな」

「本当？」

「あぁ、それに前の時より肉に厚みがあったよな」

「うん。ケミアさんにもっと厚くしてほしいって言われて」

薄くお肉をのばすと、すごく悲しそうな表情をして訴えられた。お肉はもっと厚みがあったほうがおいしいと、あまりに懇願《こんがん》されたので希望どおり厚くしてしまった。それでも前の時の二倍ぐらいに抑えたけど。ケミアさんが作ったら、もっと厚くなるんだろうな。

「そうか。ガッツリ食べたい時はあれぐらい厚みがあってもいいな。でも旅の途中で食べるなら、前の薄いほうが体が重くならなくていいだろうな」

確かに旅のお昼として食べるのなら、薄いお肉に野菜を多めにしたほうが体が動きやすいかな。塊の肉じゃなくても、肉の量が多くなると体が重く感じて疲れやすくなるもんね。でも、ガッツリ食べたい時もあるだろうし……、

「ハンバーガーは二種類作っておこうかな」

私の言葉にうれしそうにするお父さん。本当にハンバーガーが好きらしい。ここまでいい反応するのは牛丼もどき以来かな？　……少し多めに作っておこう。

「あっ、そうだ。店主に頼まれたんだけど、牛丼を作ってほしいらしい」

「牛丼？」

「こめを買っただろ？」

「うん」

「何に使うのか聞かれたから、食べるんだって言ったら興味を持たれたみたいだ。ほら、こめって安いから」

それってケミアさんに掛かる食費のせいだろうか？　まぁ、こめが食べられるなら今より少し食費を抑えられるとは思う。

「料理の説明をしながら話したら、牛丼が気になるみたいで」

「わかった。作り置きの分を作る時に一緒に作ったら手間がなくていいんだけど、それでいいかな？」

「あぁ、それで十分だろう。あと、調理場は明日の朝食後なら自由に使っていいそうだ。野菜は今日の夕方にはすべて揃うから」

なら明日は一日中、料理三昧だね。久々に思う存分料理が出来る。旅の道中では無理だからね。

「わかった。楽しみだな」

「俺も出来る事はするから、何でも言ってくれ」

「ありがとう」

作る順番を考えておこう。大量に作る時は、時間を無駄に出来ないからね。

「あと、森に捜索隊として出ていた冒険者たちが戻ってきたのを見たよ。成果はなかったらしい」

やはりビスさんは、森にはいないと考えたほうがいいだろうな。

「教会の奴らも村に居る可能性に気付いたみたいで、冒険者ギルドに村の中の捜索を依頼したらしいが、揉めて最終的に断ったそうだ」

「断った？」

「教会の奴らが、村の捜索など意味がない、家の中を片っ端から調べろと言ったらしい。無理だと断ったら、冒険者ギルドの権力を使えとか、まぁ、色々言ったらしい」

「うわ～、すごい人たちだね」

「あぁ、さすがのギルマスも切れて村の捜索もしないと断言したそうだ」

「教会の方たちは大人しく帰ったの？」

そうは思えないけど。

「いや、犯罪者を匿うのかと冒険者ギルドで大騒ぎだったらしい」

予想を裏切らない人たちだな。

「大騒ぎしたのは司祭と司教？」

ハタカ村で知った事もあるから教会にはいい印象はないけど、それにしてもひどい。何というか、最低の場所に集まった最低な人たち？

「この村には司祭が二人いるそうなんだが、そいつらだそうだ」

「この村には、司祭が二人もいるんだね」

この村の教会は、やっぱりちょっと変わってるな。大きな町や村以外は、教会には一人の司教と一人の司祭が普通なのに。この村の規模から考えると、司祭は一人で十分の筈。貴族が来るから二人なのかな？

「あまりの騒ぎように、ギルマスは少年が犯人だとする証拠を持ってきたら、村の捜索を行うと譲歩したらしい」

証拠か。というか、証拠を持ってきたらって……ビスさんが犯人にされたのはどうしてなんだろう？

「どうしてビスさんが犯人だとされたんだろうね」

「教会の奴らが逃げる人影を見たらしい」

目撃証言か。

「他には？」

「ないそうだ」

「ん？　目撃証言だけ？　しかも教会関係者の？」

「そう。自警団が調べても、少年が犯人だという証拠は一切見つける事が出来なかったので、『自警団は協力しない』と、団長たちが言っているらしいと噂になっていたな」

何だか、噂にしては違和感を覚えるな。なんでだろう？

「まぁ、この噂はおそらく自警団が意図的に流したんだろうな。村の人たちに向かって」

村の人たちに意図的に？

「それって、ビス少年を匿っても罪にならないという事なのかな？」

「そうかもしれないが、ただの噂だから」

「噂」

「そう、噂。だから『彼が犯罪者だという証拠はない』と自警団が判断しているかもしれないのも噂。噂は真実じゃない事もあるし、真実の可能性もある」

教会には貴族が訪れているから、目立って何かすれば貴族がしゃしゃり出てくる事が予想される。それを回避しながら、ビス少年を守る方法が噂なのかな。

「そうだ。教会について少し調べてきた」

「大丈夫？　関わらないほうがいいのに」

「まぁ、そうだけど。何も知らないというのも恐ろしいからな。危険が及ばない程度にしか調べてないから大丈夫だし」

そうだけど、危険な事はしないでほしいな。そういえば、お父さんってどれくらいの冒険者だったんだろう？　……あれ？　聞いた事あったよね？　確か、中位冒険者だった筈……違ったかな？お父さんの今までの行動を思い出すかぎりでは、上位冒険者の様な気もするけど。

「どうした？」

今訊く事でもないかな。

「何でもない。それで教会について何かわかったの？」

「かなり横暴な連中みたいだな。リア副隊長の言うとおり二〇年前から悪化している。その頃から貴族の出入りが頻繁になってるらしいがその理由は村の連中は知らないみたいだ。ギルマスや自警団の団長なら知っている可能性もあるが。訊くのはやめておくよ」

「うん。あまり深入りしないほうがいいと思う」

「あぁ。それと教会に出入りしていた貴族だが、全員ではないが四名の名前はわかった。冒険者の間で有名な屑連中だ。暴力に脅迫、それが明るみに出たら権力と金でもみ消し。まぁ、本当の屑だな」

村の人たちの判断は正しいのか。それにしても、そういう貴族は金にも汚い筈。あの教会の装飾はどう見ても、かなりお金をかけている筈。貴族からお金が出ているって事だよね。

「貴族が大金を出してもいいと思う事って何だろうね」

「ん?」

「教会を維持していたのは、寄付金ではなくて貴族からの寄付でしょ?　貴族がお金を出す時ってどんな時かなって思って」

「そうだな、貴族が金を出す時は、自分たちの利益につながる時だろうな」

利益。あの教会で貴族が利益を得る何かがあった。何だろう?

「教会が持つ物で、貴族が得をする……何も思いつかないけど、お父さんは?」

「さっぱりわからない。また、魔法陣じゃないだろうな。もう勘弁してほしい」

私も魔法陣は嫌だ。サーペントさんの所で記憶を消されて、未だに戻っていない記憶があるみたいだし。忘れた記憶が何かもわからないのが怖い。ハタカ村では知らない間に、思考をいい様に変えられて……。

「本当に魔法陣だけは嫌だね」

「あぁ。旅の準備が出来たならすぐに出発するか」

「そうだね。それがいいと思う」

巻き込まれてしまう前に、この村から出よう。

466話　がんばって作る！

「お父さん、そっちのお鍋かき混ぜてほしい」

調理場を借りて、作り置き用の料理を作り始めたのだけど、想像以上に忙しい。

「わかった」

少し欲張りすぎたかも。でも、作り置きをマジックバッグに入れておくと便利なんだよね。昔の干し肉と果物に戻るのはつらすぎる。やっぱり、がんばるしかないか。

「あ〜、ちょっと焦げた！」

「少しなら気にならないから、気にするな」

お父さんが寛大でよかった。あれ、これって焦げても大丈夫だっけ？　ホワイトソースを使ったスープの予定なのに……まぁ、少しだし大丈夫かな。

「パンが焼けたわよ〜、いい香り」

ケミアさんがオーブンから焼けたパンを出してくれた。部屋にパンのいい香りがふわっと広がる。

調理を始めてから、そろそろ三時間がすぎる。お腹が空きだしたので、パンに手がのびてしまいそうだ。

「それにしても、おもしろい事を考えるわよね～。薬草を入れたパンなんて」

「あははっ、おいしそうだったので……」

パン作りを教わった日の夜に、なぜか前世のパンを色々と思い出した。その中の一つに、ハーブをパン生地に練りこんで焼くという物があった。簡単そうだったので、試しに挑戦してみたのだがおいしかった。なので調子に乗って色々混ぜていたら、ケミアさんが手伝いに来てしまった。驚いた表情のケミアさんと、焦った私。お父さんの「ちょっと変わった子だから」が、心に刺さった。

「それは？」

ケミアさんの質問に、パン生地で崩した六の実を包み込んでいた作業を止める。

「えっと、パンの中に詰めて焼いてみようかと思って」

変わった子なので、色々しても大丈夫だろうと吹っ切れました。そのお陰で目の前には、前世の私が大好きだった調理パンと言われる物が並んでる。まさかおかずをパンの中に入れるなんて、驚き。

「アイビー、またおもしろい物を作ってるな」

タレ漬けしたお肉を焼き終わったお父さんが、私の手元を見て苦笑を浮かべる。鉄板に具を包んだパンを並べ、霧吹きで水をかけ二倍に発酵するのを待つ。

「おいしそうだったから。駄目かな？　変に見られるかな？」

お父さんにそっと小声で尋ねる。

「まぁ、ちょっと変わった子が、すごく変わった子になるぐらいだな」

「もう」

お父さんを睨むと、

「悪い。しかし俺も、もう少しまともな言葉が出てきてもよかったと思うのだが『変わった子』って……」

「あははは っ。別に気にしてないからいいよ」

言ったお父さんのほうが、衝撃を受けている事に笑えてくる。

「スープはこれで完成だな。煮物は？」

「冷める時に味がしみこむから、お鍋のままで冷まし中。冷めたら温め直して、マジックバッグに入れるね」

完成した料理をマジックバッグに入れながら、紙に料理名と個数を書いていく。こうしておけば、何があって残りが何個あるのかすぐにわかる。

「よしっ、一区切り出来そうだな。今オーブンに入っているパンが焼けたら、お昼にしようか。ケミアさんもお昼にしませんか？」

お父さんがケミアさんに声を掛ける。

「ふふっ。リフリがお昼を一緒に食べましょうって言ってたわ。どうかしら？」

ケミアさんの言葉に首を傾げる。調理場は占領してしまっているけど大丈夫なのだろうか？

「私が三日前に仕留めてきたフォーを庭で焼いてるの、一緒に食べましょう？」

フォーは確かハタル村の周辺にいる魔物だと聞いたな。ん？ 私が仕留めてきた？ ケミアさんを見る、細身でとても若く見えるけど六〇代。

「ケミアさんは冒険者だったんですか？」

「えっ？　違うわよ。私はずっとこの宿屋の娘よ。狩りをするのは父に懇願されちゃって『宿が潰れるから何とか自分で肉を確保してくれ』って。で、自分の食べる分ぐらいは自分で狩ろうと思ってがんばったの」

すごいな。それでフォーがどんな魔物なのかはわからないけど、狩れるようになるんだ。

「今では、この村の周辺で狩れない魔物はいないわよ」

本当にすごいな。あっ、もしかして壁をよじ登ってくる魔物の事も知ってるかな？　魔物除けが効かないって聞いてから、興味があったんだよね。

「魔物除けが効かない魔物がいますよね。あれも狩れるんですか？」

「あぁ、壁登りの事？　もちろん狩れるわよ。あれは意外においしいの。だから警報が鳴ったらすぐに壁に向かうわ」

壁登り？　もしかして名前とか？　まさかね？

「あの、壁登りって何ですか？」

「えっ？　あぁ、壁登りの呼び方で慣れちゃって、魔物除けが効かない魔物の事よ。魔物の名前はフォルガンなんだけど、名前が出来る前に村では壁登りって呼んでいたから、こっちのほうが馴染みがあってね。つい、そう呼んじゃうの」

名前が出来る前？　あっ、そうか。この村で初めて見つかった魔物だから名前がなかったのか。

「あっ、パンが焼きあがったみたいね」

オーブンを開けるとパンが焼けている。これも薬草を混ぜ込んだパンだ。

「じゃ、お昼にしましょうか」

お父さんの言葉に、焼けたパンをカゴに入れてケミアさんのあとについていく。宿の裏の扉から外に出ると広い庭があり、そこで店主さんが大量の肉の塊を焼いていた。

「お〜、ちょうどいい時に来たぞって、失礼」

「話し方はいつもどおりでいいですよ。そのほうが気楽なので。俺もそうさせてもらいますから」

お父さんの言葉に店主さんが、小さく頭を下げた。

「もう何十年も宿の店主をしてるのに、苦手なんだ」

店主さんの言葉に、ケミアさんが笑う。

「気が抜けると、素でしゃべっちゃうのよね」

「あぁ、ついな。いつか大切な時に失敗しそうで、怖いよ」

「あら、リフリは必要な時はちゃんとしているから大丈夫よ」

「そうか？　出来ているならうれしいが。ほら」

店主さんがフォークを豪快に切り分けてケミアさんに渡す。

「ありがとう。いい匂い」

「相変わらずいい腕しているよな」

「肉の為よ！」

続いて同じように豪快に切った肉ののった皿が私の前に差し出される。

「ごめんなさい。こんなに食べられないです」

「ん？　悪い。つい癖で」

慌てて店主さんがフォークを細かく切って、お皿には焼いた野菜ものせる。

「はい」

「ありがとうございます」

「アイビーもいつもどおりの話し方でいいぞ」

「あっ、はい」

いつもどおり……お父さん以外の人に？　ラットルアさんたちは親しい人だけど、店主さんはまだ出会ったばかりだし、年もかなり上だし。どう話せばいいのかな？

「あっ、おいしい。お肉の味が濃いですね」

「そうだな。これはうまい」

私の言葉に、隣で食べていたお父さんが頷く。

「そうでしょ？　そうだ！　マジックバッグにまだ余裕があるなら、フォーのお肉を少し持っていく？」

「えっ？」

ケミアさんの食料を？　それは駄目でしょう。というか、二回目のお代わりに行っている。食べるの早いな。

「壁登りが出てから、なぜなのかフォーの数も増えてね。狩りがしやすくなったから、お肉は一杯あるのよ」

　ケミアさんが話しながら、ある方向を指す。見ると庭で一番目立つ小さな建物。

「あれは？」

「肉専用の置き場所なんだけど、三日前に四頭も狩ってきちゃって、部屋が一杯なのよ。どう？　いらない？　貰ってもらえない？」

　四頭も狩ったんだ。だったら、少しぐらい貰ったとしても、大丈夫かな？

「えっと、ケミアさんがいいというならほしいです」

「本当？　貰ってくれる？　ありがとう」

「いいえ、こちらこそ助かります。ね、お父さん」

「そうだな。ありがとう」

　おいしいお肉を手に入れられちゃった。味が濃いから塩だけでも十分おいしいし。午後から、フォーを使って何か作ろうかな。

467話　フォルガン

　ケミアさんが、満足したという表情でお茶を飲んでいる姿を眺める。すごかった。あの大きな肉の塊を食べきるなんて……。

「さてと、食後のおやつは～」

えっ！　あっでも、甘いものは別腹って言うもんね。

「足りたかな？」

店主さんが、お菓子とお茶を渡しながら訊いてくる。

「はい。すごくおいしかったです。ありがとうございます」

「そう言ってもらえると、がんばったかいがあるな」

そうだ、訊きたい事があったんだった。まだ休憩中だし、いいかな？

「あの、ちょっと訊きたい事があるんですけど、いいですか？」

私の問いに、ケミアさんも店主さんも頷いてくれる。

「壁登り、じゃない。えっと、あれ？　名前は何だっけ？」

壁登りの印象が強くて、魔物の本当の名前が思い出せない。えっと、フォ……。

「フォルガンの事か？」

店主さんの言葉に頷く。

「はい。フォルガンという魔物はどんな魔物なんですか？　魔物除けが効かないのは聞いたんですが」

新しい魔物みたいだから、しっかり聞いておかないと。

「フォルガンのお肉はね、ちょっと筋があるからじっくり煮込んだ料理におすすめなの。珍しく腸とかも食べられるのよ」

ケミアさんの言葉に、店主さんが苦笑を浮かべる。

「ケミア、今はその情報は求められていないと思うぞ」

「えっ？」

不思議そうに私を見るケミアさん。

「姿とか攻撃方法とかは……」

「あぁ、なるほど。姿は尻尾が長くて、首が太いわ。足が短くて壁を登るからなのか足の裏がちょっと特殊な形ね」

……ちょっと想像が出来ないな。

「似ている魔物はいないかな？」

お父さんの言葉に店主さんが首を横に振る。

「この周辺ではフォルガンに似た魔物はいないな。前に旅の冒険者が、王都にいる……何だったかなトーガだったか？　トーバだったかな？　それに少し似ていると言っていたな」

トーガ？　トーバ？　トーガだったら確か本に載っていたな。蛇の様な鱗《うろこ》を持っていて、姿もちょっとだけ似てたよね。蛇に短い脚が生えた様な感じだった。

「トーバは聞いた事がないから、トーガかな？　なら蛇に似ているという事か？」

お父さんの言葉に店主さんが首を傾げる。

「蛇？　ん〜、似ていると言われれば似ているのか？　ただ、蛇より胴が太くて、尻尾の先にはトゲがあるし、牙もあるぞ」

牙？　蛇にも牙があるけど、店主さんの様子だと蛇とはちょっと違うのかな。

「あまり似ていない様だな。フォルガンが集団で襲ってくる事は？」

お父さんの言葉にケミアさんが首を横に振る。

「そんな攻撃はしてこないわよ。何度も戦っているけど一匹で行動している事が多いわ」

「そうか。トーガとは習性も違うみたいだし、別系統の魔物だな」

「フォルガンは水の魔法が得意なのよね。ちょっと粘着性のある水の球で攻撃してくるんだけど、あれが厄介で。体に付くと臭いし取れないし。本当に最悪よ」

「水魔法で攻撃ですか？」

「そうなのよ。驚きでしょ？」

ケミアさんの言葉に無言で何度も頷く。魔物は、魔力を持ってはいるが攻撃に使用する魔物は少ない。攻撃に使用する魔物でも、その多くは土魔法と火魔法だ。水魔法を使用する魔物がいる事は本で読んだが、実際に目にした事はない。

「得意という事は、自由自在に扱っているのか？」

お父さんの言葉にケミアさんが頷く。

「そうなの。初めて見た時は驚いちゃったわ」

「フォルガンは頭がいいんですね」

魔法で攻撃をする場合、頭の中で火や土をイメージする必要がある。本能が強い魔物は、それが苦手な為、魔法での攻撃が出来ないらしい。

「そう、かなり頭はいいわ。悔しい事に、仕掛けは突破されちゃったしね」

「仕掛けってなんですか？」

罠とは違うのかと首を傾げる。

「壁に登れない様に、壁にちょっとした仕掛けをしたの。踏むと足の裏が怪我するの、まぁ簡単なものだけど。フォルガンは見事にその場所だけ回避してたわ」

本当に頭がいいんだね。それにしても、村の傍で夜を過ごした時に出くわさなくてよかった。

「大きさはどれくらいですか？」

私の質問にケミアさんが両手を広げる。

「そうね、最低三メートルはあるわね。それよりも小さいのは、ほとんど見ないわ。というか、見たのは一回だけね。それでも二メートルはあったかしら」

子供のうちは姿を見せないって事かな？　それにしても三メートルか。大きいな。

「あとやたらに硬いのよね」

「硬い？　鱗が？」

「そうなの。真剣ではなくて魔物からドロップした多剣だとしっかり手入れしていないと、簡単に折れちゃうのよ。本当に簡単にパキンといくから驚くわよ。ただ火の攻撃には弱いわ」

ケミアさんの言葉にお父さんが首を傾げる。

「鱗があるのに？」

確か鱗には火による攻撃を防ぐ力があるって聞いたな。

「顔よ。火の攻撃をぶつけるなら鱗がない顔。体にはびっしり鱗があるから駄目ね」

顔には鱗がないんだ。

「なるほど」

「そういえば、最近隣の村でもフォルガンを見たという報告があったらしい」

隣の村？　店主さんの言葉にケミアさんが溜め息を吐く。

「その噂は聞いたけど、本当なの？　もし本当ならフォルガンの生息地域が広がっている事になるわよね」

魔物除けが効かない魔物の生息地が広がるのは、冒険者にとって危険だよね。森の中での休憩が危険になる。

「また、調査が始まるわね。誰が駆り出されるのかしら？」

「フォルガンの調査ですか？」

「そう。フォルガンについては、まだわからない事が多いからね。何処で誕生したのかもわかってないし。突然変異で誕生したという仮説が今の所、有力かしらね。あとは、誰かが魔物を組み合わせて作ったなんて事も言われているわね」

作った？　魔物を？

「まぁ、突然現れたから馬鹿な噂が流れたんだろうけどね」

「そうですか」

あれ？　お父さんの声が硬い？

「さてと、アイビー。そろそろ、続きをがんばるか」

「そうだね。あっ、牛丼は今日の夕飯になるんですか？」

私の言葉に、火の後始末をしていた店主さんがうれしそうに頷く。

「いいかな？　こめが気になってさ。ドルイドのお気に入りだって言うし」

「あれはうまい」

お父さんは本当に好きだよね。

「大丈夫です。こめを炊くにはちょっとコツがいるので、説明したいから……夕飯の時間から逆算して二時間前に調理場に来てください。それまでに作り置き作りも終わっている予定なので」

「わかった。そうだ、宿泊客は全員で一〇名。アイビーたちも入れて。あと、ケミアは夜は四人前ぐらいだから」

「わかりました」

もしもの時を考えて、二〇人分ぐらいで考えよう。それだと宿泊客がお代わりしても足りる筈。

「疲れた」

さすがに、一日中料理を作っていたから腕が痛い。当分の間はお玉もヘラも持ちたくないな。パン生地も慣れていないせいか、捏ねるのが大変だったな。パン作りに慣れたら、少しはましになるのかな？

「お疲れ様。はい」

お父さんからコップを受け取る。

「あれ？　お茶じゃないの？」

「あぁ、この村の特産品の果物の果汁が入った水らしい」

特産品の果物？

「すっぱい。あっ、でもすっきりする」

口に入れたら酸っぱさが来るけど、甘さもあって口の中もすっきりする。

「『カボ』という果物の果汁を水に入れてるらしい」

「そうなんだ。何だか、さっぱりしておいしいね」

「あぁ、それにしても大量に作ったな。パンもかなりの数作っていなかったか」

「パン作りは、初めてだったからちょっと楽しくて。それに旅に出たら、パンは絶対に作れないし」

「そうか。今日は、ありがとうな。フォルガンの事を聞いてくれて」

お父さんの言葉に笑みが浮かぶ。魔物の情報は旅をするなら絶対に必要になるし、子供である私が訊いたほうが色々訊ける事が多いのだ。

「明日、もう少しフォルガンについて調べてくるよ」

「気になる事でもあるの？」

私の質問に眉間に皺を刻むお父さん。

「調べてから、話すよ」

「うん。わかった」

いい話ではないだろうな。覚悟しておこう。

468話　襲撃

ソラたちと遊んでいると、部屋の外にお父さんの気配を感じた。お父さんが、フォルガンの事を調べると出ていってからほぼ二時間。思ったより、早く帰って来た。

「ただいま」

「おかえり。早かったね、何かわかった？」

「あまり収穫はなかったな。二年前の春にいきなり壁を越えて村を襲った事はわかった」

壁には魔物除けが施されているので安心していた筈だから、驚いただろうな。

「その時に、一〇四名が被害に遭って亡くなっている。怪我人も多数出て大変だったそうだ」

かなり大きな被害だよね。

「そうなんだ。お茶を淹れるね」

「ありがとう。もうかなり暑くなってきたな。歩くと汗が噴き出るよ」

「冷たいお茶のほうがいい？　それなら下の調理場から貰ってくるけど」

今日は朝から気温が上がってたもんね。冷たいお茶を用意しておけばよかったな。

「いや、まだ熱いお茶のほうがいいかな」

「そう？」

「あぁ。冷たいお茶より、温かいお茶のほうがホッとする」

お茶を淹れて、お父さんの前の机に置く。椅子に座ると、トロンがとことこと窓へ向かっているのが見えた。一日に数時間、太陽の光に当たっている姿を見ると、植物なんだな～と実感する。

「トロンの葉っぱ、少し成長したよな」

「やっぱりそう思う？　ほんの少しだけど大きくなったよね？」

「まぁ、相変わらず細いけどな。もう少し体が太くなってくれると、抱き上げる時に安心なんだが」

確かに、ギュッと力を入れるとポキンと折ってしまいそうな細さだから、ちょっと怖いんだよね。実際はソラたちに挟まれても、折れる事なくしなっていたので大丈夫なんだろうけど。見た目が細いと心配になる。

「てっりゅりゅ～」

フレムの声に視線を下に向けると、足元で上にのびている姿が目に入る。これは抱っこの合図なので、そっと抱き上げて膝《ひざ》の上に乗せる。

「りゅっりゅ～」

満足そうな声に、つい笑みが浮かぶ。

「さてと。何から話そうかな」

「お父さんは、何が気になっていたの？」

私の質問に、苦笑を浮かべるお父さん。

「魔物と魔物を組み合わせたという話があっただろう？」

フォルガンが不意に現れた為に流れた噂の事だよね。それが何かあるのだろうか？

「もしかして、実際にそんな事があったの？」

お父さんが気にするという事は、魔物を組み合わせた実例があるのかな？

「あぁ。俺は実際にその問題に関わったわけではないが、数年前に何処かの村で実際に見つかっているんだ」

数年前に何処かの村？　ちょっと曖昧な情報だな。

「何処の村かはわからないの？」

「詳しくは調べられなかったんだ。守りが厳重で。深入りすると、やばそうだったし」

お父さんって、絶対に普通の冒険者じゃないよね。

「フォルガンも、魔物の組み合わせで誕生した魔物だと思ったの？」

「それがわかるかと思ったが、話だけではわからなかったよ。ただ、いきなり現れたというのが気になる。進化だったら、必ず痕跡は残る筈だ。突然変異にしても、元の魔物が近くにいると思うんだ。この村の周辺にいないとしても、近隣の村や町に」

確かに、進化や突然変異だったとしても変化する前の魔物がいる筈だよね。店主さんの話では、フォルガンに似た魔物はこの村の周辺にはいないと言っていた。

「近隣の村や町の周辺にもいないの？」

「あぁ、聞いたかぎりではいなかった。蛇系統の魔物を訊いてみたが、冒険者たちは違う魔物だと思っているようだ。実際に戦った事のある冒険者たちから話が聞けたから、ある程度は信じられると思う」

そうか。

「あっ、元の魔物の特徴がまったくないぐらいの突然変異とか？」

「突然変異で誕生した魔物はいるが、ある程度は元の魔物の特徴を持っていたらしいけどな」

やっぱり無理があるよね。

「すごい大移動をしたとか？」

「最初にフォルガンが村を襲った時、一七匹いたらしい。三メートルの魔物が一七匹で移動していたら、何処かで噂になっている筈だ」

「そうだよね」

サーペントさんの所で移動した時も、すごい事になったもんね。

「フォルガンの住処が特定されれば、何かわかるかもしれないが」

「住処？　まだわかってないの？」

「そうらしい。これまで数回にわたって調査をしているそうだが、未だに見つけられていないそうだ」

確か魔物の生態を調べるのに重要なのは、住処を知る事だと聞いた様な気がする。住処を見れば、何を主に食べているか、子供の状態などがわかるから。

「フォルガンについて、まだまだ不明な点が多いんだね」

「みたいだな。冒険者ギルドでちょっと酒を飲みながら数人の冒険者に探ってみたが、ほとんど同じ様な情報しかなかったからな。あっ、そうだ。商業ギルドでちょっとだけ魔石を売って来たんだが、よかったか？」

「もちろんいいよ」

そんな事は気にしなくていいのに。

「それで出発前に――」

ピーピーピーピー。

「えっ、何？」

ピーピーピーピー。

ピーピーピーピー。

「警報か？」

警報という事は、フォルガンが壁を登っているという事？　えっ、襲撃？

「アイビー、ちょっと様子を見てくる。大丈夫か？」

「うん。ここにいる。皆もいるし」

「シエル、何かあったら元に戻っていいからアイビーを頼むな」

「にゃうん」

「ぷっぷぷ～」

「てっりゅりゅ～」

シエルはわかるけど、ソラとフレムまでやる気なのはどうしてだろう。スライムって弱かったよね？

「ソラとフレム？　ははっ、二匹も頼むな。とりあえず行ってくるよ。もしかすると、手を貸すかもしれないから」

「わかった。気をつけてね。無理はしないでね」

「あぁ、もちろん」

剣を掴み部屋を出ていくお父さんを見送ると、一階でバタバタと複数の足音が聞こえた。フォルガンの討伐に冒険者たちが準備しているのだろう。扉を閉めて鍵をしっかりと掛ける。

「この部屋の窓からは、壁は遠すぎて見えないね」

窓辺に立ち外を眺める。複数の冒険者たちが、壁に向かって走っていく姿が見えた。

コンコン。

「アイビー。リフリだが」

部屋の外で店主さんの声が聞こえた。

「はい。どうしたんですか？」

扉は開けずに返事を返す。お父さんがいない時は、なるべく扉は開けないように言われている。前に開けそうになって、シエルに怒られた。

「ドルイドが行ってしまったけど、大丈夫か？　不安だったら一階の談話室に来てくれ。宿に泊まっている子供たちがいるから」

皆で纏まっているのか。

「ありがとうございます。でも、大丈夫です」

「わかった。でも何かあったら、すぐに言ってくれ」

「はい」

部屋から離れる店主さんの気配にほっと息を吐く。視線を部屋に戻すと、少し小型になったアダンダラの姿。

「シエル、元に戻っていたの？　大丈夫だよ」

「にゃうん」

私の言葉に一度鳴くと、その姿のまま椅子の足元に寝そべる。

「守ってくれてありがとう」

「にゃうん」

シエルは魔力を完全に制御出来る様になっているし、この姿でもばれないかな。

ドーーン。

お茶に手をのばそうとすると、重低音の爆発音が聞こえた。

「大丈夫なのかな？」

「にゃうん」

「ぷっぷぷ～」

「てっりゅりゅ～」

シエルが頷きながら鳴くと、ソラとフレムも同じ行動をとる。きっと大丈夫だと言ってくれているんだろうな。

「そういえば少し前から、ソラたちは頷いて返事を返してくれる様になったね」

ぷるぷるの返事よりわかりやすいな。でも、何で頷いて返事をするようになったんだろう？　心境の変化とか？　前に教えた時は、無反応だったから諦めたのに……。まぁ、何にせよわかりやすい返事になってよかった。

「わかりやすい返事を、ありがとう」

「にゃうん」

「ぷっぷぷ～」

「てっりゅりゅ～」

「ぺふっ」

「ぎゃっ」

「ソルとトロンも？　ふふっ、可愛い」

ドーーン。

再度聞こえる爆発音。

「水魔法を使うと言っていたから、火魔法とぶつかってるのかな？」

ソラたちには大丈夫と言ってもらえたけど、やっぱり心配だな。

469話　危ないから駄目！

「お父さん、大丈夫かな？」

「にゃうん」

シエルを見ると、ベッドで寝そべっている。その、のんびりした態度を見ていると大丈夫な気がしてくるけれど、最初の爆発音から二〇分。壁での攻防が続いているのか、爆発音がずっと鳴り響いている。

「音を聞いていると緊迫しているのに……ソラたちは何でそんなに寛いでるの？」

大丈夫だと思っているのかな？　あっ、音が止んだ？

「音が止まったね。終わったのかな？」

お父さんは無事かな？　窓から壁がある方角を見ると、煙があちらこちらから上がっているのが見えた。

「リア副隊長さんやケミアさんも討伐に参加したのかな？　怪我をしてないといいな」

貴族の事があるから、外へは行かないほうがいいのはわかる。ただ待つというのは、結構苦痛だな。これだったら、一緒に行ったほうが……いや、私は戦えなかったんだ。間違いなく足手まといだ。

「う～ん。何度か挑戦して剣の練習をしても、皆が口をそろえてやめたほうがいいって言うし……」

まぁ、その原因は私なんだけど。体に合わない大きさの剣を持っている時は剣のせいだと思っていたんだけど、体に合う大きさの剣を持って練習したのに、自分の足に剣を刺しそうになったんだよね。それを見たお父さんに、一瞬で剣は取り上げられてしまった。そのあと用意してくれたのは短剣で、何かあった時に身を守る為の剣だって何度も言われた。つまり、自ら戦おうとするなって事だよね。剣とは相性が悪いんだろうな。

「あっ、違う武器ならどうだろう？」

「ぷっ？」

「ぎゃっ？」

私の声に反応して、ソラとトロンが私を見る。ソラの頭を撫でるとうれしそうにプルプルと体を震わせる。トロンは……そっと葉っぱを撫でると、三枚の葉っぱがプルプルと揺れた。

「戦うのにね、剣は相性が悪いから他の武器に挑戦してみようかと思って」

「にゃ～」

シエルの声に視線を向けると、首を横に振られた。頷いたり、首を横に振ったり、意思がはっきりと伝わるようになった。それはうれしいけど、今のって……。

「私ではどんな武器も駄目って事？」

「ぷ～」

……ソラに頷かれた。

「弓ならいけそうじゃない？」

どうして皆で首を横に振るかな。魔物に近付かない様にすれば、安全だし。

「あっ、もしかして……戦っているお父さんに刺さるかもしれないって考えてるの？」

「てりゅ」

「……フレム、うれしそうに頷かないで」

でも確かに、そんな事が起こる可能性を捨てきれないよね。他には思いつく武器は盾かな。でも盾は絶対に無理。筋肉もついてない私が扱える武器じゃない。魔法は魔力がないので、考えるまでもないし。えっと他の武器は何があったかな。

「槍に斧だ。そういえば、手に巨大な爪みたいな物をつけて戦っている人もいたな」

あれは、何だったんだろう？　まぁ、今はそれが問題ではないんだけど。どの武器を思い出しても、私が上手く使いこなせる想像が出来ない。

「武器は諦めたほうがいいのかな？　体力はあるのにな」

食事量が少なかった時から、一日中歩く体力はあった。お父さんには驚かれたけど、休憩を入れながらなら問題なく一日中歩けた。今は食事量も増えたので、休憩の回数を減らしても大丈夫になった。

「あっ、冒険者たちが戻ってきてる」

窓から冒険者たちの姿がちらほら見えだした。ここから見るかぎり、大きな怪我をしている様子はない。お父さんを捜すが、なかなか見つからない。

「あっ、いた！」

「ぷっぷぷ～」

私の言葉に、ソラが窓から外を見てうれしそうに鳴いた。

「よかった。怪我はしてないみたい」

防具に少し汚れが見えたけど、パッと見た感じでは血は出ていない。

「お茶の準備でもしておこうかな。熱いのでいいかな？」

でも、一杯動いたなら冷たいお茶のほうがいいかもしれないな。下で貰ってこようかな。

コンコン。

あっ、帰ってきちゃった。

「はい」

「アイビー、ただいま」

「おかえり」

扉の鍵を開けると、少し疲れた表情のお父さんが部屋に入ってくる。

「あっ、シエル」

小型版のアダンダラになっていた事を思い出して、シエルを見る。が、既にスライムになっていた。

「いつの間に……」

「どうした？」

「シエルが元の姿に戻って守ってくれていたから」

「そうか。シエル、ありがとうな」

「にゃ～」

シエルがうれしそうに体を揺らすと、ソラとフレムがお父さんの足に体当たりする。

「こら。疲れているから駄目だよ」

私の言葉に、ソラとフレムが心配そうにお父さんを見つめる。

「心配してくれるのか？」

「ぷっぷぷ～」

「てっりゅりゅ～」

「ありがとう」

お父さんがソラとフレムを撫でていると、すっとフレムの隣に並ぶソル。気付いたお父さんがソルを撫でると、満足そうな表情をした。

「お父さん、冷たいお茶を貰って来るね」

お父さんを見ると、かなり汗をかいているのがわかった。今も暑そうな表情をしている。

「わざわざ悪いな。あっ、店主が風呂を準備してくれたらしいんだ。入ってくるよ」

「わかった。ゆっくり入ってきて。その間にお茶は貰っておくね」

「ありがとう」

お風呂の準備をして部屋を出るお父さんに付いて、一緒に一階に下りる。

「何だろう？　ちょっと騒がしいね」

一階に下りると、お昼にフォーを食べた場所に人が集まっているのがわかった。そして、そこには巨大な魔物。

「もしかしてあれがフォルガン？」

「あぁ、まさか貰って来たのか？」

フォルガンの近くにはうれしそうに笑うケミアさん。

「ケミアさんうれしそう。今日の夕飯には間に合わないだろうから、明日かな？」

ちょっと筋っぽいと言っていたよね。やっぱり煮込み料理に使うのかな？

「今から楽しみ」

「そうだな。そういえば、ケミアはあの見た目からは想像が出来ない戦いぶりだったぞ」

「そうなの？」

「あぁ、戦い方がとにかく派手だった」

お父さんがケミアさんを見て苦笑を浮かべる。戦い方が派手って何だろう？ ……想像がつかないな。

「あっ。ドルイド、お疲れ様。強いから驚いちゃったわ」

「俺は、フォルガンに単身で突っ込んでいくケミアに驚いたけどな」

えっ、フォルガンに単身で突っ込んだの？ うわっ、豪快だな。

「ふふふっ、あの戦い方が一番好きなの。そんな事より、あんな強力な魔石の力を操る剣を見たのは初めてだったわ。フォルガンのあの厄介な攻撃をどんどん爆発させていくし」

爆発？

「あれは俺も驚いたよ。まさか爆発を起こすとは思わなかったから」

もしかして、あの爆発音を引き起こしたのはお父さんが持っている剣の魔石？

「でも、あの魔石すごいわよね。よく途中で魔力切れを起こさなかったと思うわ。普通、あれほどの攻撃をしのいでいたら、途中で使い物にならなくなるのに」

「あ～、まぁ運よく見つけた魔石で、まだよくわかっていないんだ」

「そうなの？　でも、貴族には気をつけてね。あいつらは人の物も自分の物だと妄言を吐くから」

「あぁ、わかってる」

肩を竦めるお父さんにケミアさんが苦笑を浮かべる。この村ではそうとう貴族が嫌われているな。まぁ、しかたない事だけど。ケミアさんと別れて、お父さんはお風呂に行き私は調理場にお茶を貰いに行く。

「店主さん、冷たいお茶を頂けますか？」

「構わないぞ。そっちのマジックボックスに冷やしてあるから」

「ありがとうございます」

店主さんが指したマジックボックスを開けて、冷えたお茶を出すと部屋に戻る。途中でケミアさんのフォルガンの解体作業をちょっと見たけど、大剣を振り回していたのには驚いた。あの大剣を持ってフォルガンに単身で突っ込むとは、お父さんの言うとおり派手かもしれない。というか、細いのにすごいな。

470話　疲れた……

冷たいお茶をコップに淹れて机に置く。

「ありがとう。さすがに動き回って疲れたよ」

「お疲れ様。それよりあの爆発音はお父さんだったんだね」

「聞こえてたのか？」

「うん。たぶん村中に響いていたと思うよ」

「あ～、それもそうか。かなり大きな音だったもんな」

「うん。最初に音が鳴り響いた時は驚いた」

「いや、俺もあんな爆発を起こすとは思わなかったんだ」

「そうなの？」

「あぁ。そもそもフォルガンの数があんなに多くなければ、手助けするつもりはなかったし」

「そんなにいたの？」

「帰りに確かめたが、五〇匹以上はいたらしい。いつもは一〇匹ぐらいだと言っていたから、今回はかなり多いな」

いつもは一〇匹ぐらいで、今回は五〇匹？　フォルガンに変化でもあったのかな？

「フォルガンの多さに錯乱した冒険者がいて、現場がかなり混乱してたんだ。しかもその混乱に乗じて、壁を越えたフォルガンが数匹出てしまった」

「えっ、壁を越えたの？」

「あぁ、そうなんだ。しかも壁を越えたフォルガンを見て、数名の下位冒険者たちが叫んで逃げ出してきてしまって」

逃げ出すって……。

「大混乱で落ち着きそうになかったから、手を貸したんだよ。フォルガンに村の中を歩き回られても困るしな」

「確かにそうだけど、上位冒険者はいなかったの？」

「戦ってて気付いたんだが、外壁って村を囲う様にあるだろう？」

「うん。……あっ、守る所が多いんだ」

「そうなんだよ。上位冒険者たちもいたんだが、別の場所を守っていて、俺がいた場所にはいなかった。どうも二か所にかなり強いフォルガンが現れたみたいでさ。そっちの対応に追われてた。もう一つの上位冒険者チームは村ではなく森のほうで対応していたらしい」

魔物除けが効かないって、本当に大変なんだな。しかも今日は数が多かったなら、きっと守る場所もいつもより広かった筈。

「ただ俺は、目立ちたくなかったからさ。ある程度、助ける事が出来たらその場を離れるつもりだったんだ。なのに、フォルガンの水魔法で作った球を俺の剣で切ったらあの爆発が起きてしまって。

その音に引き寄せられて、他のフォルガンたちが俺に襲い掛かってくるし……」

うわ～、それは災難。

「離れるに離れられなくなって気付いたら、ほぼ中心で戦ってたよ」

お父さんの疲れた表情に、苦笑が浮かぶ。お父さんは、優しいから。

「しかもあいつらの攻撃を見ていたら……」

「あいつらって？」

「この村の冒険者たちだ。力から判断すると中位冒険者だろうな。そいつらが、フォルガンの水魔法で作った球を火矢で対処していたんだが、その火矢がしょぼくて」

しょぼい火矢？

「一つの球に火矢が二〇本以上必要なんだよ。確かにフォルガンの作った球はかなり濃い魔力が込められていたし薄いが結界も張ってあった。だから俺の剣とぶつかって爆発したんだと思うが、それでも必要な火矢の数が多すぎる」

「確かに二〇本は多いね」

「そうだろ？　あまりにお粗末な火矢に唖然としたよ。火矢をしっかりと作り込めば、フォルガンを倒すのに二〇本もいらないのに」

「作り込む？　火矢って魔力を込めた球を作る様には出来ないの？」

「球は魔力をただ丸に固めるだけなんだが、火矢は先が尖《とが》っているだろう？」

「うん」

「丸に固めた魔力を変形させて、物体に刺さる様に尖らせるんだけど、ただ形を変えただけで使おうとすると、尖らせた先から魔力が外に流れていくんだ」

そうなんだ、全然知らなかった。

「フォルガンの攻撃に対応出来るから火矢を使っているんだろうけど、火矢を作るのにも、強化するのにもコツがいる。それより火魔法が使えるなら、別の攻撃をしたほうがいいと思うんだけどな。何であんなに火矢に固執《こしつ》するんだか。意味がわからない」

火矢って難しいんだ。というか、球も魔力を固めて作ると初めて知ったな。そういえば、火矢を使って魔物と戦っているのを一度だけ見た事があるな。まぁ、私とお父さんは崖の上にいて、ただ見ているだけだったけど。

「お父さん」

「どうした？」

「旅の途中で火矢を使って戦っている冒険者がいたの、覚えてる？」

「……崖の下で戦っていた冒険者たちの事か？」

「うん」

「確かに、冒険者の一人が火矢を使っていたな」

「あの冒険者さんの火矢は強いの？」

結構な威力を持って魔物に刺さっていた様な気がする。二本だったかな？　いや、三本？　たしか、それぐらいで魔物は倒れていた筈。

「あ〜、遠かったから確実ではないが、ある程度は作り込まれていたな」

あの威力で、ある程度の作り込みなんだ。すごく作り込んだ火矢だと、威力はどれくらいになるんだろう？

「あっ、それより。フォルガンの姿を見て何かわかった？」

「見た感じ、この系統の魔物だなとは判断が出来なかった。三種類ぐらいの魔物の特徴があったから」

三種類の魔物の特徴。

「という事は、魔物と魔物を組み合わせてる可能性が高くなったという事？」

「そうなるな。だけど、もしそうなら……」

お父さんの眉間に深い皺が刻まれる。その様子を見ながら、冷たいお茶を飲む。

「魔物と魔物を組み合わせたのだとしたら、王都から既に調査の為に人が来ていると思う」

王都から？

「それらしい人なんていないよね」

「わからない様に変装をしているか、村の人間を臨時で雇ったか。どちらにしても、おそらく誰かいるだろうな。……アイビー、数日内にこの村を出発しよう」

「えっ！　……わかった」

調査をする人と会いたくないって事かな？　お父さんを見ると、何か考え込んでいる。大丈夫かな？

「お父さん」

「んっ？　どうした？」

「今日は疲れているだろうから、考えるには向かない日だと思うよ」

疲れている日に大切な事を考えると、余計な事ばかり思い浮かんだりするからやめたほうがいいと思う。明日、疲れが取れてからのほうがきっと頭も働くだろうし。

「そうだな。確かに疲れているな」

「もうすぐ夕飯の時間だから、食べたら寝たほうがいいよ」

「ん～、そうさせてもらおうかな」

本当に疲れているみたいだな。

「最近はシエルがいてくれて、中心になって戦う事がなかったからな。そもそも、シエルがいると魔物が近付かないしな」

シエルが威嚇すると、みんな逃げていくもんね。

「でも、洞窟では遭うよね」

「逃げ腰の魔物にな」

「あははっ、壁に体をくっつけて視線を落としている魔物もいるもんね」

「そうそう。あれを初めて見た時は驚いたよ。以前に襲われた事のある魔物だったしな」

「にゃうん？」

シエルが不思議そうに私たちを見る。

「シエルは強いなって言ってるんだよ」

「にゃうん！」

うれしそうに鳴くシエルをそっと撫でると、目を細めてプルプルと体を揺らす。

「それを見ていると、強そうには見えないよな。まぁ今の姿はスライムだしな」

確かに戦闘狂のアダンダラだとは、誰も思わないだろうな。

「あっ、夕飯の時間だ」

「行こうか。暴れて、お腹もすいているし」

いつもより動きが鈍いお父さんを見て、少し笑ってしまう。

「どうした？」

「何でもない。早く食べて休もう」

471話　嫌な予感

コンコン。

「誰だろう？」

お父さんはまだ寝ているんだけど。

「誰ですか？」

扉に近付き、外に向かって小声で話す。

「ごめんなさい。今、大丈夫ですか？」

この声はリア副隊長さん？

「はい。ただ、お父さんがまだ寝ているので」

「あっ、ごめんなさい。ドルイドさんに少し話があったのだけど、起きたら私に声を掛けてもらっていいかな？」

話？

「どんな話ですか？」

「団長が、昨日の事でお礼が言いたいから会いたいと言ってまして」

あ〜、昨日の事か。どうしよう。お父さんの様子から、あんまり関わりたくなさそうだったし……。でも、これって断ってもいいのかな？　どうしよう。

「あっ、会いたくなかったら断ってくださって構いませんので。えっと、ドルイドさんが起きたら『自警団の団長が会いたがっている』と言ってもらえるかな？　会うか会わないかは二人で相談して決めてもらえれば」

断ってもいいんだ。

「それでしたら、わかりました。起きたら伝えます」

「ありがとう。今日は私休みでチェチェにいるから、いつでも声を掛けてくださいね」

「わかりました」

「朝早くからごめんね。ゆっくり休んで」

扉から離れる足音を確認してから、扉から離れる。そっとお父さんを窺うと、まだよく寝ている。

「よかった」

「ぷ～」

ソラが心配そうに私を見ている。よく見ると、シエルも起きているのがわかった。

「大丈夫。ちょっと話があっただけだから」

私の言葉に、ソラが寝直すのがわかった。シエルは私が椅子に座ると、膝に飛び乗ってきた。

「おはよう。よく寝れた？」

「にゃっ」

静かに話しながら、窓から外を見る。昨日のフォルガンの襲撃が嘘の様に普通の朝。

「慣れているんだね」

何だかそれに違和感を覚えるな。まぁ、慣れるしかないんだろうけど。

「大変だよね。他の村では魔物除けが効いて村の中は安全なのに。ここでは違うんだから」

それにしてもいいお天気だな。窓から入ってくる光がぽかぽかして気持ちいい。


「アイビー、アイビー。ここで寝ると体が痛くなるぞ」

あれ？　パッと目を開けると、目の前にお父さん。膝の上にはシエル。

「あっ、寝てた？」

「あぁ、寝られなかったのか？　何処か体調でも悪いのか？」

「ふふっ、大丈夫。外を見ていたら寝ちゃったみたい」

シエルを机の上に移動させて、立ち上がって体を動かす。椅子の上で寝たせいか、ギシギシいっている。あ〜、首が痛いかも。

「あっ、そうだ。リア副隊長さんが待ってるんだった」

「待ってる？」

私の言葉に不思議そうな表情のお父さん。

「団長さんが、昨日のお礼を言う為に会いたいんだって。リア副隊長さん曰く、断ってもいいそうだよ」

「団長が？　お礼の為に会う？」

「昨日、フォルガンの襲撃を防いだからじゃないかな？」

「それだけでわざわざ団長が会いに来るのか？　他に何かありそうだな」

「他に？　お礼の為に会う事は珍しい事なの？」

「お礼を言われる事はあるだろうけど、わざわざ会いに来るのは珍しいだろうな。何かあった時に、冒険者が手助けするのは決まりなわけだし」

「お父さんが冒険者じゃないから？」

「いや、それぐらいでは団長自ら会いには来ないだろう」

言われてみれば、団長が出てくるのは少しおかしいかな？　何かありそうとお父さんは思っているけど、何だろう？

「会いたくなかったら、断ってもいいってリア副隊長さんが言ってたけど」

「お礼を言いたいと言っているだけなのに、断るのはおかしいよな」

そうなんだよね。お礼だと言っているから、断りづらいんだよね。

「断れない様に、言葉を選んでいるよね。この村の団長さんも、いい性格してるのかも。もしかして既に下にいたりして。ふふっ」

「「…………」」

あれ？　何だかすごく嫌な予感がする。

「まさかね？」

「俺もそう思いたいが。団長という立場に就く奴は、食えない奴が多いからな」

苦虫を噛み潰した様な表情でお父さんが言う。何か色々過去がありそうだな。

「はぁ、しかたないか。まぁ、もしもの時はフォロンダ領主の名前を出すか」

「名前出しちゃって、いいのかな？」

「何かあれば、名前を出していいと言われていただろ？」

「そうだけど」

何だかいい様に使うみたいで、嫌だな。悪い事をしているみたいな気分になる。

「もし使ったら、『ふぁっくす』で使った事を伝えて謝ろう。使いました、ごめんなさいって」

「うん。そうする」

「話は変わるけど、もう昼前なんだよ。屋台で何か買ってこようか？」

「屋台か……。私は、おにぎりがいいや」

起きたばかりだから、そんなに食べたいと思わないし。

「そうか？　だったら俺もおにぎりにしようかな。あの小さい肉が入ったおにぎりが気になっていたんだよ」

「じゃ、準備するね」

「俺がしておくから、顔洗っておいで」

「わかった。よろしく。あっ、ソラたちのご飯！」

「大丈夫、終わってるから」

「ありがとう」

顔を洗って着替えて部屋に戻ると、机の上にはお茶と大量のおにぎり。その中から塩だけを使った、塩おにぎりを取って食べる。

「塩だけのおにぎりをよく食べてるよな」

「お父さんには薄い味なんだろうけど、私はこの味が好きなんだ。それにしても、お父さんは朝からガッツリだね」

お父さんが好きなのは、肉がゴロっと入った焼肉おにぎりか、肉を細かく切ってご飯に混ぜてから握った混ぜご飯おにぎり。どちらも肉にしっかりと味をつけている。

「うまいよな。これだったらいくらでも入りそう」

もう少し作っておいたほうがよかったかな。確か一〇〇個は作った筈だけど……。

「ご馳走さま」

私から少し遅れてお父さんも食べ終わる。

「は～、食った。ご馳走さま」

朝からおにぎりを一二個も食べたお父さん。やっぱり、もう少し作っておけばよかったな。次は二〇〇個にしよう。

「うん」

「さて、リア副隊長に会いに行こうか」

「ちょっと一階に行ってくるな。何かあったら隠れてくれ」

「ぷっぷぷ～」

「てっりゅりゅ～」

「にゃうん」

「ぺふっ」

「ぎゃっ」

皆の元気な声を聞くと、元気になるね。

「「行ってきます」」

部屋を出て鍵をしっかりと閉めると一階へ下りる。

「だ～か～ら～。ちゃんと説明するから、今は帰れと言っているんです！　このわからず屋！」

階段を下りていると、食堂からリア副隊長さんの怒鳴り声が聞こえてくる。お父さんと視線が合うと肩を竦めた。

「嫌な予感しかしないな」

「そうだね」

食堂に向かうと、声はどんどん大きくなる。

「会うと許可をもらってないうちから来てどうするんですか！　馬鹿なんですか？」

やっぱり団長さんか。

「リア、俺は一応君の上司なんだけど」

自分で一応というのは駄目だよね。

「それが何か？」

うわっ、リア副隊長さんの声が一段と低くなった。

「入りづらいね」

「そうだな。とはいえ、ここにいるのもな」

「うん」

コンコン。

「失礼。おはようございます。リア副隊長」

お父さんを見たリア副隊長さんが、椅子に座っている男性の前の机をバンと両手で叩く。

「あ～、ほら来ちゃったじゃないですか！　クソ団長」

「リア、どんどん口が悪くなるな。誰のせいなんだろう？」

「胸に手を当てて考えたらどうですか？　団長？」

「はいはい……特には何も？」

この団長さん、かなりの曲者だ。リア副隊長さんと話しているのに、食堂に入った私たちをしっかり確認してる。

「かなりやり手だな」

無事に出発出来るかな？

472話　師匠の弟子

「やっぱりドルイドだったのか。久しぶりだな」

えっ？　団長さんとお父さんは知り合い？　不思議に思いお父さんを見ると、神妙《しんみょう》な表情で団長さんを見つめている。

「あれ？　もしかしてわからない？　昔――」

「アイビー」

「はいっ！」

お父さんのあまり聞かない低い声に思わず背がのびる。

「今すぐ、この村を出発しようか」

「待て、待て。お前、久しぶりに会った俺に対してその反応はひどくないか？」

団長さんが慌てて、お父さんに駆け寄る。その慌てぶりにちょっと笑ってしまう。先ほど見せた鋭さが、完全になくなっている。

「はぁ～」

「何で溜め息を吐くんだ。同じ師匠の下で学んだ仲間だろうが」

「えっ！　師匠さんのお弟子さんなんですか？」

あの師匠さんの弟子？　そういえば、何人か冒険者を育て上げたと言っていた様な……。

「そうなんだよ。よろしくな」

「あっ、よろしくお願いします。アイビーです」

「いい子だな」

団長さんがすっと私のほうに手をのばすと、お父さんがパシリと叩き落とす。

「アイビーに触るな」

「だから俺に対する態度がひどいって！」

お父さんに頭をポンと撫でられる。いつもよりほんのちょっと力が強いそれに首を傾げてお父さんを見ると、団長さんにニコリと見事な作り笑いをみせていた。

「久しぶりだな。元気そうでよかったよ。じゃっ」

「相変わらず冷たいな～。このまま出ていったら、昔みたいに追い掛け回すぞ」

団長さんの言葉に、疲れた表情のお父さんが溜め息を吐く。

「この村で団長をしているとは知らなかったよ」

話す気になったお父さんに、団長さんはしてやったりという表情でニヤッと笑った。

「あぁ、色々あって数年前にこの地位を前の団長から奪ったんだ」

奪った？

「何かあったのか？」

「買収されたトップなんて必要ないだろ？」

「あぁ、ギルマスだけではなかったという事か」

前のギルマスさんは教会に買収されていた。自警団の団長さんも同じだったという事か。

「そうそう。同じ時期にギルマスと団長が代わったんだよ。ちなみにギルマスはビースだ。覚えてるか？」

「あぁ、あいつが？」

「そうそう。それにしても名前を見てまさかと思ったが本当にドルイドだとはな。ドルイドはあの町から出ないと思い込んでいたが……雰囲気も変わったし、人は変わるもんなんだな」

「まぁ、色々あったからな。それにしてもポリオンが団長って、違和感を覚えるな」

お父さんがポリオン団長さんを見て、苦笑を浮かべる。

「そうだろうな。俺も違和感を覚えるんだから」

それはどうなんだろう？

「あの～、ドルイドさんの師匠は団長と同じ師匠なんですか？」

リア副隊長さんがお父さんとポリオン団長さんを交互に見る。

「あぁ、モンズという師匠の下で五年ぐらい共に学んだ仲間だ」

お父さんの言葉にポリオン団長さんが頷く。

「同じ師匠にしては年がちょっと離れてますよね？　団長は四五か四六歳でしたよね。ドルイドさんは三〇代後半ぐらいですか？」

「……三三歳です」

あっ、お父さんちょっと悲しそう。気にしてるもんね。でも、確かに年が離れてる。体力面で違いが出ない様に、年の近い弟子を持つって聞いた事があるけどな。

「……すみません。貫禄《かんろく》があったから。えっと、年が離れてませんか？」

リア副隊長さんの言葉に苦笑を浮かべる。さすがに老けて見えるとは、言えないよね。

「俺とビースは奴隷の時期があったから。服役期間後に師匠の下で修業したんだ」

「奴隷？」

私の言葉にポリオン団長さんが肩を竦める。

「昔はちょっと馬鹿な事をして犯罪奴隷に落ちたんだよ。訳ありという事で八年の短期だったけどな」

「そうだったんですか」

「えっ、あの噂は本当だったの？」

リア副隊長さんが驚いているので、知らなかったのかな？

「ポリオンを捕まえたのがマルアルなんだよ」

マルアルさんは師匠さんの元チーム仲間だった人だよね。

「ポリオンとビースが、一見普通の商人に見えるマルアルに強盗を仕掛けて返り討ちに遭ったんだよな」

「そうそう。あの時は見事な一撃を食らったよ。まぁ、その出会いで弟子になれたんだけどな」

ギルマスさんをしているビースさんも一緒だったんだ。

「それにしても、名前が気になったからわざわざここに来たのか？」

お父さんの少し呆れた表情に、ポリオン団長さんが首を横に振る。

「違う、お礼を言いたかったんだ。フォルガンを討伐するのがこれから楽になるからさ」

ポリオン団長さんの言葉にお父さんも私も首を傾げる。

「ドルイドも不思議に思わなかったか？　フォルガンの討伐に火矢が多い事に」

「あぁ、なぜ火矢に固執するのか、意味がわからなかった」

「団長。そろそろ、座って話しませんか？　ずっと立ち話を続けるつもりですか？」

「「えっ？」」

そういえば、食堂の入り口で話し込んでいたな。リア副隊長さんの言葉に、ポリオン団長さんもお父さんも苦笑した。

「悪い。お茶を頼めるか？」

「もう準備してますよ」

ポリオン団長さんの言葉に呆れた表情のリア副隊長さん。一度調理場に行くと手にお皿を持って出てきた。

「アイビー、お菓子をどうぞ。これ、この村で最近出来た新しいお菓子なの。よかったら食べてみて」

「ありがとうございます」

リア副隊長さんにすすめられた席に座ると、お父さんが隣に腰を下ろす。お茶が目の前に置かれると、小さくお礼を言うお父さん。少し落ち着いたかな？

「それで何で火矢に固執するんだ？」

「上位冒険者がかなり魔力を込めた攻撃なら効くが、下位冒険者や中位冒険者だと火矢以外の攻撃が効かないからだ」

「えっ？　効かない？」

「あぁ、色々試したが火矢以外はあの球体の結界に弾かれるんだ」

「そんなにすごい結界には見えなかったが」

結界？　よくわからないけどフォルガンを倒すのは大変そう。

「そう見えるんだけどな。中位冒険者が魔法を込めて作る火弾も水弾もあの結界は壊せなかった。壊す事が出来たのが上位冒険者の攻撃だけ。しかも、一つ一つにかなり魔力を注ぎ込む必要があった。ただ火矢だけはそれほど魔力を込めなくても、あの球の結界に傷を付ける事が出来た」

「不思議だな。原因は？」

「不明。どう調べてもなぜそうなるのかわからなかった。そこを解明出来たら、もっと楽に討伐が出来るんだけどな」

「かなり面倒くさい魔物だな。それに昨日みたいな数に襲われたら」

「あぁ、昨日はかなり危ないと思っていた。自警団員たちも冒険者たちも覚悟していたよ」

「覚悟？　……逃げた冒険者がいたぞ」

「あぁ～それは聞いている。今頃ギルマスにしごかれているだろう」

「そうか。ご愁傷様《しゅうしょう》だな」

ご愁傷様？

「でだ、覚悟してギルマスと話し合っていたら自警団員の一人が詰め所に飛び込んで、『切った！』とか叫ぶんだ。あの時は、こいつ気がふれたのかと思ったな。まぁ、落ち着かせて詳しく聞けば、見た事のない冒険者がフォルガンの攻撃を切っているとか言うし。上位冒険者が来たという報告はなかったし。様子を見に行かせたら、攻撃するのに魔力を込めた様子はないとか言うし、大混乱」

「あ～、それは悪かった。冒険者は辞めたから」

「そうみたいだな」

ポリオン団長さんがお父さんの腕をちらりと見て、一瞬だけ寂しそうな表情をした。

「何であんな攻撃をしたのか不思議だったが、フォルガンについて知らなかったんだな」

「あぁ、フォルガンが水魔法で作る球に結界があるのも、実際に目にして知ったんだ」

「そうか。説明不足だったんだな、悪かった。ただ、今回はそれが役に立ったみたいだが」

ポリオン団長さんが頭を下げるが、しかたないと思う。

「すみません。門の所でしっかり説明しなかったのは私ですよね」

リア副隊長さんが頭を下げる。

「いやいや、リア副隊長は悪くないから。この村に入る時に冒険者として入っていないんだから、しかたないんだよ」

そう、冒険者としてこの村に入っていたら、しっかり説明されていたと思う。もしも討伐に参加する場合の事を考えて。でも、お父さんも私もただの旅人で村に入っている。その場合は、訊かないかぎり詳しく説明される事はない。

「それより、俺の剣が効いた原因はわかったのか？」

473話　魔石の力

「まだ確証はないが、おそらく魔石だ」

魔石？

「ドルイドの持つ剣には魔石がついているんだろう？」

「あぁ、確かについているな」

「あれがフォルガンを倒す何らかの力を与えていると考えてる。ところでドルイド、お前どんな魔石を剣に組み込んでいるんだ？　見た奴らが口を揃《そろ》えて『すごい』と興奮して言っていたんだが……」

フレムが作った魔石だよね。あれは確かにすごすぎる。お父さんもあまり周りに見られない様に注意しているもんね。

「あ～、最高レベルに近い魔石だな。運よく手に入れる事が出来たんだ」

「運か。羨ましいな。何処で手に入れたんだ？」

「旅の途中で迷子になった事があるんだ、その時にたまたま見つけた洞窟だ。森を数日間彷徨《さまよ》って何とか村道に出たが、見つけた洞窟の場所はわからなくなってた」

顔が引きつりそうになるのを、何とか止める。お父さんを見るも、いつもどおり。嘘だとばれないか心配しているのは、私だけのようだ。さすがだな。

「大まかな場所は、わかるんじゃないか？」

ポリオン団長さんが少し前のめりになる。

「森の中をどう歩いたのか、途中からさっぱりわからないから無理だな」

「それでも少しぐらいは」

「俺も捜したが、無理だった」

「そうか……残念だ」

ポリオン団長がちょっと拗《す》ねた様な表情を見せる。この団長さん、表情が豊かだな。

「あっ、話が逸れた……まぁ、いいか。あとで剣を見せてくれ」

いいの？

「相変わらずだな。あとで見せるから話を戻せ。他に何かあるんだろう？」

お父さんの呆れた表情にポリオン団長さんが肩を竦める。

「しかたない、諦めるか。フォルガンの攻撃を防ぐには、レベルの高い魔石が必要だと確認が取れているんだ」

ん？　あぁ、話がフォルガンの事に戻ったのか。

「……それを俺が聞く必要はあるのか？」

「ないな。ただ、何か魔石について知っていないかと思ってな」

ポリオン団長さんの言葉に、お父さんが首を傾げる。

「昨日の討伐に上位冒険者が参加していたのを知っているか？」

「あぁ。ちらっと姿を見たが」

「その中の一人がドルイドの戦っている姿を見て魔石に気付いたんだ。で、自分が持つ剣で試したそうだ。だが、ドルイドの様に上手くいかない。それで何が違うのかと思ったら、魔石。そうとう綺麗な魔石らしいな。それでレベルが違うと気付いて、持っていた魔石の中で一番いい魔石を使って攻撃したら、見事に結界を破壊出来たそうだ。ちなみに魔石はレベル四を使用したと報告が届いている」

かなりレベルの高い魔石が必要って事か。

「でだ、その上位冒険者が魔石を使った攻撃を何度か繰り返して気付いた事が一つ。魔石を使うと攻撃力を下げても結界には効いたそうだ」

ん？　どういう事？　攻撃力を下げても結界に効く？　つまり……魔石さえあれば、力はそれほどいらないって事になるのかな？

「本当か？」

「本当だ。試しに下位冒険者に剣を貸して攻撃させたらしい。一発では無理だったが二発で結界は壊れ、フォルガン本体への攻撃が出来たそうだ」

それってすごい事だよね。

「魔石は攻撃力や防御力を上げるのに使うのが一般的だと思っていたんだが、それ以外にも何か力があるのかもしれない。ドルイドは何か聞いたりしてないか？　例えば攻撃に使うと特別な力を与えるとか」

ポリオン団長さんの言葉にお父さんが首を横に振る。

「聞いた事はないな。魔石は力を上昇させるものという認識だ」

「普通はそうだよな。まぁ、そんなわけでフォルガンの討伐が下位冒険者でも可能かもしれないとわかったからさ、顔を見てお礼を言いたかったんだよ。ドルイドという名前も気になっていたし」

「討伐方法が見つかってよかったよ。それにしても面倒くさい魔物だな」

「本当にな。何でこんな魔物を作ったんだか」

えっ？　あれ？　今……。

「あ～でもようやく一つの問題が解決出来そうだよ。攻撃がことごとく効かないとわかった時の俺の絶望がわかるか？　あの時は、この村を捨ててやろうかと本気で思ったぐらいだ。でもドルイドのお陰で、魔石があれば下位冒険者が一人でも倒せる事がわかった。障害だったフォルガンが水魔法で作る球。フォルガン本体を攻撃したくても、あれが邪魔でなかなか攻撃が届かなかったからな。でも、これからは違う。昨日の様に大群で来られても、対処出来るだろう。本当に感謝してるんだ」

「あぁ、それはいいんだが。……ポリオン、ちょっと確認したい事があるんだが」

「ん？」

お父さんが口を開くが途中で止まる。それを見てポリオン団長さんが首を傾げる。

「いや、何でもない」

あれ？　訊かないのかな？　あっ、そういえば無防備に食堂で話してたな。

「どうし……あっ」

ポリオン団長さんが途中で言葉を切って、目が泳ぐ。どうやら失言に気付いたようだ。ポリオン団長さんはお父さんを見てから、私を見てすっと視線を逸らした。

「相変わらずだな」

お父さんの言葉に、顔をうっすら赤くしたポリオン団長さん。

「抜けてる」

「煩い。ドルイドだったから気が抜けたんだよ！」

お父さんとポリオン団長さんの会話にリア副隊長さんが不思議そうな表情で見る。その視線に気付いたポリオン団長さんが、慌てて席を立つ。

「今日は無理だな。明後日の夜に話がある」

「ふっ。わかった」

ふふっ、逃げた。

「ビースもおそらく一緒だ。あいつも名前を気にしていたからな」

「わかった」

ポリオン団長さんがリア副隊長さんを連れて食堂を出ていく。二人を見送ると部屋に戻り一息つく。何というか、不思議な人だな。団長さんの地位に就く人は、何処か不思議な人が多いけどポリオン団長さんも同じかな。

「アイビー、悪いな。出発が少し遅くなるかもしれない」

「うん。それはいいけど。仲がいいんだね」

「……それなりに」

何でちょっと嫌そうなんだろう。そういえば、「昔みたいに追い掛け回す」と言っていたな。これは訊いても大丈夫なのかな？

「ん？　どうした？」

「えっと……」

「ポリオンやビースとの事だったら気にせず何でも訊いていいぞ。隠す事もないしな」

よかった。なら訊いておこう。

「追い掛け回すって、どういう事？」

「あぁ、それか。師匠の下では俺たちのほうが早く弟子になっていたんだ」

「俺たち？」

「ん？　ゴトスも一緒だったから」

「ゴトスさんか」

お父さんにゴトスさん。ポリオン団長さんとまだ会っていないビースさん。今とは違うんだろうけど、賑やかだったんだろうな。

「早く弟子になっていたんだから、あいつらより強いのは当たり前なのに、俺たちのほうが強い事が気に入らなかったみたいで、事あるごとに戦え、戦えって。面倒くさくて逃げたら、追ってきて。それでも逃げたら、一日中追い掛け回された。しかたないから戦ったら、あいつらが満足するまで付き合わされて。それも面倒くさいから逃げたらまた追ってきて。あの時期は大変だったな。師匠は無駄な応援だけで止めないし」

あの師匠さんなら、止めないだろうな。

「それにしてもポリオンの奴、フォルガンを作ったと言ったよな」

「うん」

間違いなく言っていた。

「ったく。面倒くさい事に首を突っ込んでないといいが」

お父さんを見ると、心配そうにしている。二日後に話か……何もないといいけどな。

「あれ？　お父さん剣は？」

ポリオン団長さんが自分であとで見せてと言っていたのに、見ずに帰ってしまった。

「はぁ、相変わらずだな。しかたない、話をする時に持っていくよ」

番外編　お父さんと弟子仲間

―ドルイド視点―

招待を受けた店の前で一つ深呼吸をする。ポリオンやビースとは、五年以上会っていなかった。二人の性格は知っているし、そうそう変わると思っていない。だが、人は切っ掛けがあれば変わる事も知っている。少し警戒したほうがいいだろう。

「いらっしゃいませ」

店に入ると、年配の女性が対応してくれる。

「待ち合わせをしているのですが」

「あぁ、団長さんたちですか？」

「そうです」

「それなら、奥の個室です。もういらしていますよ」

女性に頭を下げて奥へ進む。綺麗な店で、夕飯には少し早い時間なのに既に席は埋まっていた。どうやら人気の店のようだ。

「おっ、来たな」

「本当にドルイドだ。久しぶりだな」

「久しぶり……ビース、その傷……」

「すごいだろ?」

ビースが頭に手を乗せて、笑みを見せる。

「あぁ」

ビースのスキンヘッドの頭には、後ろから前に掛けて大きな傷痕があった。女性に好かれる優しい顔をしていたので、どうにも違和感を覚えるな。

「さすがにこの傷を負った時は死ぬかと思ったけどな、何とか生き残れたよ」

「そうか」

五年会わないと色々あるんだな。

「座って飲もうぜ」

ポリオンの言葉に二人の前に座る。

「料理は適当に注文したが、よかったか?」

ビースの言葉に、頷いて返事をするがどうしても傷痕が気になる。これだけ大きな傷痕だ、そうとう危なかっただろうな。

「ドルイド」

「何だ?」

「俺の頭の傷を気にしてるが、俺はお前の片腕が気になるからな」

……そういえば、俺もビースの事は言えなかったな。

「まぁ、魔物にやられた」

「だろうな。俺もだ」

ビースの返答に笑いがこみあげる。何を当たり前の報告をしているのか。

「ひどい怪我はしたが、生き残れてよかったよ」

ビースがうれしそうに笑う。

「そうだな」

「それにしても、ドルイドが子持ちか。奥さんは？」

「結婚はしていない。アイビーとは血はつながっていないんだ」

ビースの言葉に首を横に振る。

「そうなんだ。似てないなと思ったんだよ。可愛すぎる」

ポリオンの言葉に苦笑する。

「あぁ、可愛いだろ？」

「将来が心配だろ？」

「まぁな。だが、俺より強い奴なら任せられると思っているよ」

「どんなデカい壁だよ」

俺の言葉にビースが呆れた表情を見せる。

「力はある程度必要だろ」

「ある程度？　……アイビーちゃんだっけ。これから大変だな」

ビースが肩を竦めるが、譲れない事もある。しばらくすると料理が運ばれてくる。テーブルに所狭しと並べられる料理に、小さく笑ってしまう。弟子だった当時も驚くほど食べたが、今も変わらないようだ。

「年をとっても食べる量は変わらないのか？」

「まだそんな年寄りじゃねぇよ。それに団長として走り回っているんだ。食わないとやっていけない」

まぁ、そうだろうな。

「ポリオンが団長か。変われば変わるもんだな」

「俺が一番驚いてるよ。それでドルイド、剣――」

「ちょっと待て」

ポリオンが話し出そうとするとビースが慌ててマジックバッグからマジックアイテムを取り出す。テーブルの上に置くとボタンを押す。

「悪い。まだ用意してなかったのか？」

ポリオンがビースに小さく頭を下げる。

「料理が来るからな」

「そうか」

テーブルの上に置かれたのは、部屋の外に会話を漏らさない機能がついた馴染みのあるアイテム。ボタンが押されたので、既に機能は動いている。

「それで話を戻すが、剣を見せてもらえるか？」

「あぁ、どうぞ」

見せる為に持って来ていた剣をポリオンに渡す。少し迷ったが、自分の直感が二人は大丈夫と伝えるので信じる事にした。

「すごいな、この魔石」

ビースがポリオンの隣から魔石を見て、驚いている。まあ、近くで見るとその美しさに目を見張るからな。

「……ドルイド。旅の準備は終わっているか？」

「えっ？　あぁ、とりあえずは」

何だ、急に。

「そうか。明日にでも出発しろ」

ポリオンの言葉に唖然として彼を見る。隣でビースも頷いている。

「なぜだ？」

「この村に寄生している奴らが、この剣の事を耳にしたようだ」

ポリオンから剣が戻ってくる。寄生……教会の連中か？

「教会の連中か？」

「教会に守られている冒険者を名乗る屑だ」

そういえば、下位冒険者の中に教会側の者がいるとか、聞いたな。

「俺の権限で下位冒険者に据え置いているが、色々教会が煩くてな」

ポリオンが大きな溜め息を吐く。そうとう、口を出されているようだ。

「屑どもが教会の連中に何か言えば、また騒ぐからな。巻き込まれる前に出発しろ」

「そうか。わかった」

少し警戒したが、大丈夫そうだな。あっ、もしかして。

「魔石の出所を聞いたのはわざとか？」

「まぁな。ドルイドの持っている魔石が一つだけなのか、それとも魔石の採れる場所を知っているのか。屑どもが気にしている様だったからな。下手に隠すと馬鹿な事をするのはこれまでの経験上でわかっていたから、ドルイドに協力をしてもらう事にした」

「なるほど」

協力というか、知らない間に巻き込まれたんだが……。

「あの屑どもは、けっして仲がいいわけではない。魔石が一つなら、間違いなく足の引っ張り合いですぐにはドルイドには向かわない。もし見つけた場所がわかっているなら、合図を送るつもりだった」

「合図？」

「あぁ、昔使った合図だ。覚えてるだろ？」

「……たぶん？」

「使わなくてよかったかもしれないな」

「あぁ」

ポリオンとビースがちょっと呆れた様に俺を見る。いや、しかたないだろ。合図なんて何年も使ってないし……。

「本当は、何か知らせてからと思ったんだが。屑の何人かが近くで魔石を見たみたいでな、すぐに行動を起こそうとした。言い訳になるが、焦って無理やり巻き込んだ。悪い」

「大丈夫だ」

今思えば、あんな無防備な所で普通は訊かないよな。というか、誰かが聞いていたのか？　気付かなかったが……あっ、違うか。

「店主とリア副隊長を利用したのか？　彼らに噂を流させるように」

魔石の事を気にしている者が多いなら、噂はすぐに広がる筈だ。

「リアはポリオンの思惑に気付いて、率先して噂を流してたよ。楽しそうに」

ビースが楽しそうに笑う。

「あぁ、そのお陰で今日の昼頃にはかなり思ったとおりの噂が流れていたな。これで魔石は一つになった。屑どもを見張っている奴の話では、誰がどうやってドルイドから魔石を奪うかでケンカをしているそうだ」

「さすがだな。で、今日のこのお誘いか」

「そう。剣に魔石がなかったら？」

なるほど、この店から出る剣に魔石がなかったら、持っているのは団長かギルマスだと予想する。

「大丈夫なのか」

まぁ、あまり心配はしていないが。でも、もしもという事がある。

「あの屑どもと、どれだけ付き合ってきたと思う？　対処法はばっちり。それに、これを機にちょっとな」

ポリオンが冷ややかな表情を一瞬見せる。これはそうとう鬱憤《うっぷん》が溜まっているな。

「俺もちょっと暴れてみようかと。そろそろ躾《しつけ》をしないとな」

ビースの表情を見て、背中に冷たいモノが走る。こいつは優しい顔して、やる事が残酷な時があるからな。その屑たちは何をしたんだか。

「それならいいが」

剣から魔石を取って、腰に下げていた小さなマジックバッグに入れる。これで、準備は完了。

「すぐに出たほうがいいのか？」

「いや、合図があるまで待ってほしい。それに少しじらしたほうがいいだろう」

ビースの言葉に頷く。

「屑どもは何とかするが、貴族が来ているからな。何か言われてからでは面倒になる。出発は急いでくれ」

「わかった」

「相談もせず巻き込んで悪かった」

ポリオンの言葉に首を横に振る。馬鹿な事をすると言った。一番考えられるのは、アイビーを人質にとる事だ。守ってくれたのだから、謝る必要はない。

「あっ、もしかして魔物について漏らしたのもわざとか？」

ポリオンを見ると、少し顔が赤い。どうやら違うようだ。

「ドルイドに会えたのが、うれしくて……ぽろっと。ははは っ」

ビースが呆れた表情でポリオンを見ている。

「聞いていいのかわからないが、フォルガンは魔物を組み合わせて作られたのか？」

「あぁ。そうだ」

ビースが溜め息を吐きながら頷く。

「この村にいる上位冒険者の一つが、この問題の解決の為に王都から来たチームだ」

冒険者チームが派遣されていたのか。それってかなり大事だよな。

「王都でも重要視されているって事か？」

俺の言葉に、頷く二人。

「あまり深入りしない様にしているよ。問題は教会だけで十分だ」

ビースが苦笑を浮かべる。

「あ〜、そうだな」

教会だけでも色々ありそうだしな。俺も、関わりたいと思ったわけではない。ただ、旅をするのにフォルガンの危険度を知りたかっただけだ。戦い方もわかったし、フォルガンの特徴もある程度掴めた。これ以上は、必要ないかもしれないな。

番外編　お父さんと弟子仲間二

―ドルイド視点―


「酒が飲みたい」

ポリオンの一言にビースが頭を叩く。

「俺だって我慢してんだから言うな」

「少しぐらい飲んでも、影響はないんじゃないか？」

俺の言葉に二人が睨みつけてくる。いや、何で睨むんだ？　少しぐらい飲んだって、二人だったら負けないだろう。だいたいポリオンもビースも、そうとう飲まないと酔わないくせに。

「加減が出来なくなりそうでな」

ビースの言葉に首を傾げる。少しの酒で加減が出来なくなるほど、魔石を狙っている奴らに怒りを抱えているのか？　今までの事があるにしても、少し違和感を覚える。

「何かあったのか？」

俺の質問に、二人の顔に苦渋の表情が浮かぶ。

「少しずつ、教会を追い詰める様に動いてきた」

ポリオンの言葉に頷く。権力を振り回す奴を相手にする場合、焦っては駄目だ。ゆっくり、相手に動きを悟られない様にじわじわと追い込んでいくのが一番いい。

「教会に貴族が肩入れする理由がわからないから、どう動けばいいのかわからない状態だしな」

ビースの言葉にポリオンが苦笑を浮かべながら続ける。

「下手に動くと、貴族に消されるしな。厄介な問題だよ」

確かに貴族を敵に回すと厄介だ。彼らは金さえ出せば、何でもする奴らを抱え込んでいる。そしてそんな奴らは、どんな卑怯な手でも使ってくる。

「黙ってひたすら耐えてきたわけじゃないんだろ？」

ポリオンの事だからな。

「まぁ、ぎりぎりばれない程度には。俺も王都に知り合いがいるしな、少しぐらいなら情報を手に入れられる」

ポリオンの言葉にビースが笑う。

「少しの情報をどう使えば相手に大きな痛手を与えられるか、かなり鍛えられたよな」

もしかして俺の噂だけでなく、他の噂も二人が制御しているのかもしれないな。

「ここ二年、貴族が来なくなった事で金銭的余裕がなくなった教会は、これまでならけっしてしない失敗をした。そのお陰で俺たちは確実な証拠を掴む事がようやく出来た」

ポリオンが微かに笑う。

「それまでは決め手に欠ける証拠だったからな」

ビースの言葉にポリオンが頷く。

「その証拠は？」

「ある人の元へ送った。あと少しで、教会をこの村から追い出せる筈だ」

教会の連中を捕まえるのは、証拠だけでは無理らしいからな。村を守る為には、追い出す方法しかないか。

「そうか」

本当は捕まえたいんだろうな。もしかして、その苛立ちで怒りが抑えられないのか？

「気が緩んだんだろう、全員の」

ビースが苦々しい表情をする。

「教会に入るビスに気付けなかった。見張りの者がいたにもかかわらず」

ビス……教会が捜している少年だったな。

「ビスという少年は何をしたんだ？」

俺の質問に二人は首を横に振る。

「それがわからない。ただ、教会の連中がかなり焦っていたのは確かだ。金を持ち逃げしたと言ったが、ビスがそんな事をする筈がない。彼はとても正義感の強い優しい少年だから」

ビースの知り合いなのかな？

「彼は今も逃げているのか？　森ではなく村にいるんだろう？　なら誰かに匿ってもらっている可能性も――」

「それだったらよかったんだが、教会の手の者に見つかったんだ」

えっ？

「そうとう抵抗したのか、見つけた時はひどい有様だった」

「……亡くなったのか？」

俺の言葉にビースは首を横に振る。それに少しほっとする。

「やった奴は？」

「四人、その場で捕まえてある場所に入れてある」

ある場所という事は、正規の牢屋ではないな。

「瀕死の状態だった。一瞬、このまま静かに見送ったほうがいいかと迷ったほどだ。だが、ビスが俺の手を握ったんだ。だから助けた。なのに何をされたのか、ビスの魔力が体の中で暴れていてポーションの効きが悪いんだ。今もまだ魔力が安定しない。そのせいでわずかに残っていた体力まで削られて、今ではポーションもほとんど効かない状態になってしまった」

「苦しい時間を延ばしただけになったんだよ」

ポリオンがビースの肩を叩く。

「あいつらビスから何か聞き出す為に拷問しやがった」

ビースが拳でテーブルを打ち付ける。

「落ち着け」

何かを聞き出す必要があったから生きていた。だが、本人にしたらいい事ではないな。ポーショ

ンが効かないほど体力が落ちているなら、もう手の施しようがない。だが……、

「ドルイドを狙っている奴らは、ビスを捜していた奴らと同じだ。実行犯は既に確保してあるからな。まぁ、教会に手を貸した奴らだ。これまでの鬱憤も晴らさせてもらう」

怒り狂うのは当たり前だな。ビスに手を出した奴らは、既に生きていないかもしれないな。いや、こいつらの事だ。生きてはいるな。どんな状態であれ。

「そろそろ時間か？」

ポリオンの言葉にビースが、部屋の扉から出ていく。しばらくして戻ってくると、俺に向かって頷く。どうやら、俺を襲う準備は終わった様だ。

「もしかしたら、ドルイドのほうにも行くかもしれない。その、どれくらい戦えるんだ？」

ビースが腕があった場所を見る。そして、悲しそうな表情を見せる。

「普通に戦えるから気にするな。ただ、戦い方が少し変わったな」

片腕での戦いにも慣れてきたが、敵が多い場合や戦い方によってはまだ不安がある。その為、先手必勝とこちらから仕掛けて相手を確実に倒す戦い方に変わった。相手の力量を見る前に攻撃を仕掛けるので、昔に比べると……戦い方が強引になったかもしれないな。

「そうか」

ポリオンも何処か腕を見てぎこちない返事をする。

「知ってるか？」

「何がだ？」

俺の言葉に、ポリオンもビースも不思議そうに俺を見る。

「この腕だと、何も出来ないと勝手に思って加減してくれるんだ。意外と役に立つんだぞ」

「……ふっ、そうか」

ポリオンが笑うとビースも一瞬、唖然としたが苦笑を浮かべた。何を利用したとしても無傷で勝つ。俺が傷つくとアイビーが悲しそうにするからな。

「なんだ、片腕でも大丈夫だったのか。だったら冒険者に戻らないか？」

ビースがニヤニヤと笑いながら誘ってくる。

「それは断る」

こいつはまた……。

「残念。こき使ってやろうと思ったのに」

ビースの言葉に、溜め息を吐く。

「お前は本当にしそうだよな」

「当然。ギルドの隠し玉、次はハタル村で活躍！」

ビースの言葉に、再度溜め息を吐く。そういえば、一緒にいた時からこいつと話すと溜め息が多くなるんだよな。本当に相変わらずだ。

「いつ頃、出発する？」

ビースの質問に少し考える。準備はしてきたが、万全ではない。捨て場でポーションの確保も必要だ。

「明日の……」

急げば、お昼までには準備が終わるか？

「時間までは決められないが、明日中には出発する」

「わかった。ポリオン」

「わかっている。それまで貴族の動きをしっかり把握しておくし、動きがあれば俺が対処する。数日は足止めが出来るから、急いで怪我なんてするなよ」

「了解。ありがとう」

椅子から立ち上がり、剣を肩から下げる。マジックバッグに入れた魔石を確認し、中に入っているポーションを掴む。ソラのポーション。何かあった時の為に、小さな瓶に入れて持ち歩いている。普通のポーションではすぐに劣化するが、ソラのポーションはそれがない。アイビーに相談する前に渡していいものかどうか……。

「どうした？」

ビースが首を傾げながら俺を見る。ビースにビスか、きっとこの村周辺で昔人気のあった冒険者から貰った名前だろうな。確か、ビリースだったかな？

「ビース、彼はまだ生きているんだな？」

「えっ？　あぁ、ここに来る前に見てきた時は生きていた。明日まで持たないと言われている」

「明日までか。……何も聞くな。俺も何も言わない」

「ん？」

マジックバッグから取り出した小瓶をビースに押し付ける。

「これは？　随分綺麗な……何だ？」

「青のポーションだ」

俺の言葉にポリオンとビースが小瓶を見つめる。

「ドルイド、これ――」

「ありがとう」

ポリオンの言葉を遮りビースはお礼を言うと、小瓶をマジックバッグに仕舞った。

「あっ……はいはい。よしっ、それならとっととビスの所に行かないとな。時間を無駄には出来ないぞ」

「当たり前だ。とっとと終わらせる」

三人で店を出る。

「悪いな、昔のよしみで貰っちまって」

ポリオンの言葉に、一瞬言葉が詰まる。やるなら、言っといてくれ！

「いや、この村が大変そうだったからな。あの魔石が役立つならうれしいよ」

ただ、こんな馬鹿な芝居に引っ掛かるのか？　不安になり、ビースを見るとにこやかに頷かれた。

どうやら引っ掛かるらしい。

「がんばれよ」

「ドルイドも、落ち着いたらまた遊びに来てくれ。今度はゆっくり出来る様にしておく」

二人と別れると、少し急ぎ足で宿に向かう。途中で殺気を感じたが、どうやらこちらには来なかったようだ。しかし、あんな殺気を駄々漏れにして襲うのか？　ここにいるとわざわざ主張してから襲っている様なモノなんだが……。

「心配したが。あれだったらそれほど時間を掛けずにビスの元へ行けそうだな」

さて、帰ったらアイビーを起こして説明して、出発だな。それにしても、ハタカ村から何だか慌ただしいな。次の村ではゆっくりしたい。

474話　準備と話

「ただいま」

「あっ、お帰り」

戻ってきたお父さんの表情を見て、ホッとする。出かける前のお父さんは微かに緊張をしていた。きっと、団長さんとギルマスさんが変わってしまった可能性を危惧《きぐ》していたんだと思う。でも、今のお父さんの表情から、団長さんもギルマスさんも変わっていなかったのだろう。

「久しぶりに会ってどうだった？」

「二人とも昔と変わらなかったよ」

「よかったね。心配してたでしょ？」

「気付いてたのか？」

「ふふっ」

少し驚いた表情のお父さんに笑みがこぼれる。お父さんが私の少しの変化に気付く様に、最近はお父さんの小さな変化に気付ける様になった。それが何気にうれしい。あれ？　でも何か様子がおかしい様な気がする。何かあったのかな？

「どうしたの？」

「二人から色々と話を聞いて、明日には村を出発しようと思ってる」

明日？　それは、急だね。

「出発に関してはもう少し準備が必要だけど、大丈夫。大体は終わっているから。でも、何があったの？」

「フォルガンの討伐でこの剣を使っただろ？」

お父さんが肩から下げている剣を前に出す。あれ？　魔石がなくなっている。

「教会に手を貸している冒険者が狙っているそうだ」

「うわ～、最低だね」

「あぁ、貴族にまで話がいって余計な事を言われる前に、出発したほうがいいと助言をもらったよ」

なるほど。それならすぐに出発したほうがいいね。

「お父さん、魔石はどうしたの？」

「あぁ、ここにある」

お父さんがいつも持ち歩いているマジックバッグの中から魔石が出てくる。いつ見ても綺麗な魔石。これを見たらほしくなる人はいるよね。

「あれ？　でもお父さん、いつもは魔石の部分を布で隠してるよね？」

確か、戦っている時も布で隠していたのを見た気がする。

「戦っている時に、布がずれてしまったみたいなんだ。途中で気付いて直したが、見た奴がいたらしい」

布がずれるなんて、運が悪かったな。

「そっか。お父さんの弟子仲間に会ってみたかったけど、明日出発なら無理だね。残念だな」

「余計な事を言いそうだから、会わせたくないな」

「それを楽しみにしてたのに」

私の言葉に少し嫌そうな表情をするお父さん。そんなに嫌なのかな？

「まぁ少し時間がつくれたとしても、あの二人は襲われた後の処理もあるし、他にも忙しそうだったから挨拶ぐらいしか無理だろうな」

「団長さんたちは、やっぱり忙しいのか。ん？　……襲われた？」

あまりに普通に言うから、聞き逃す所だった。襲われたってどういう意味だろう？

「あぁ。俺と別れたあとに襲われた筈だ。魔石を俺から譲られて、持っていると思ってな」

だから剣に魔石がついてなかったのか。

「大丈夫なの？　団長さんもギルマスさんも強いとは思うけど」

「それは心配してないよ。あいつらキレてたし」

キレてた？

「少し長い話になるから、お茶でも飲みながら話そう」

「わかった。あっ、その前にまだ時間があるならお風呂に行ってきたら？　明日出発でしょ？」

当分あの気持ちよさともお別れだし。

「あ～、そうだな。次の村まで一〇日ぐらいか？」

「村道を普通に進めばね」

シエルとかソラとかが、あっちこっちに行かなければ。今まで村道だけで次の村へ行けた例《ためし》はないけれど。

「あはははっ、そうだったな。風呂に行ってくるよ」

「行ってらっしゃい。お茶を用意しておくね」

お父さんが部屋から出ていくと、マジックボックスから冷えたお茶を出す。あまり冷たすぎるのも、体によくないからね。今から出しておけば、ほんのり冷たいぐらいになっている筈。

「夜も少しずつ暑くなってきてるよね。そうだ皆に話さないと。まぁ、同じ空間にいるから聞いているだろうけど！」

「ぷっぷぷ～」

声に視線を向けると、既に寝てしまったトロン以外が私を見ていた。

「明日出発するんだけど大丈夫？」

「ぷっぷぷ～」

「てっりゅりゅ～」

「にゃうん」

「ぺふっ」

「明日からまた旅が始まるけど、よろしくね」

「ぷっぷぷ～」

「てっりゅりゅ～」

「にゃうん」

「ぺふっ」

「ありがとう。お父さんとまだ話があるから、皆は寝ててもいいよ」

私の言葉に、各々が寝やすい場所を探して寝始めた。この村でも、皆にあまり自由な時間をつくれなかったな。次の村では、絶対に森で遊ばせよう！

「ごめん。遅くなった」

部屋の中を整理していると、お父さんが部屋に戻ってくる。

「大丈夫。お茶は置いてあるよ」

「ありがとう。準備してくれてたのか？　手伝うけど何をしたらいい？」

教会に問題があると知って、いつでも出発出来る様にしていたのでほとんどする事はない。

「もう終わったし大丈夫。それに、この村では荷物をほとんど出してないから」

「そうだったな」

お父さんが部屋を見渡し、頷いている。

「あっ、でもソラたちの食事が足りないと思う」

「村を出発したら、捨て場に直行だな」

「そうだね」

椅子に座ってお茶を飲む。お父さんも、私の前に座った。

「まずは教会について話すな」

「うん」

「ポリオンたちは、この村から教会を追い出すつもりで長い間準備をしてきたようだ」

お父さんの言葉に少し驚いた。教会を追い出す。過去にもあるみたいだけど、それはとても大変だと思う。でも、上手くいってほしいな。

「すごいね」

「あぁ、すごい奴らだよ」

それから教会の事、お父さんを狙った者たちの事、そしてビスさんの事を教えてもらった。

「ひどい」

教会なんて潰れればいいのに。

「アイビーに一つ、謝る事がある」

「謝る？」

お父さんの言葉に首を傾げる。話を聞くかぎりでは、謝る事は起きてないよね？

「ソラのポーションを小瓶に移して持ち歩いているだろう？」

「うん」

いつ怪我をするかわからないから、小瓶に移して持ってほしいとお父さんにお願いした。私の腰に巻くマジックバッグにも、いつも入っている。ソラとフレムの作ったポーションが、劣化しにくいから出来る事だ。普通のポーションを小瓶に移すと、すぐに劣化して使い物にならなくなるだろう。でも、それがどうしたんだろう？

「あれをポリオンとビースに渡した」

渡した？　もしかして、ビスさんの為？

「でも、体力が少しでも残ってないとポーションは効かないって」

「あぁ、そのとおりだ。でも、ソラのポーションだから」

確かにソラのポーションはすごい。もしかしたら、体力がなくても効くかもしれない。

「そうだね。ビスさんにも効くかもしれない」

「相談せずに渡して悪かった」

お父さんの言葉に首を横に振る。私だって、きっとお父さんと同じ事をする。だから、気にする事はないのに。

「問題ないよ。ビスさんが元気になってくれたらいいね」

「あぁ、そうだといいな」

お父さんの言葉に頷く。本当に効いてほしい。

「あっ、あの事は話した？」

私の言葉に首を傾げるお父さん。

「麻薬成分が含まれているカリョの花畑の事。あれは絶対に人が管理しているって言ってたよね？」

「あっ……」

……もしかして、忘れてた？

「完全に忘れてたな。冒険者ギルドに報告もしてないよな」

「あっ、うん」

それは私もすっかり忘れてた。

「あ～、明日村を出る前に『ふぁっくす』が来てないか確認して、商業ギルドのほうに話していくか」

「商業ギルドでもいいの？」

「あぁ、情報提供だけだから問題ないだろう」

「わかった。明日は何時ごろ出発する？」

「朝食を食べて、店主から肉を受け取ったらすぐに出よう」

肉を受け取る？　そういえば、ケミアさんがお肉をくれると言っていた。

「ケミアさんがくれると言ったお肉の事？」

「あぁ。明日のお昼までに出発すると伝えたら、どれくらいの肉を貰ってくれるのかと確認されたよ」

そういえば、お肉専用の部屋が一杯だから貰ってくれと言われたんだったな。

「さて、そろそろ寝ようか。明日は早いから」

「うん」

この村から離れる事が目的だから、明日は休憩なしで歩くだろうな。よしっ、がんばろ。

475話　まずは捨て場へ

店主さんとケミアさんに挨拶をし、フォーの肉とフォルガンの肉を分けてもらいお昼前には『チェチェ』を出発した。村から出る前に、商業ギルドで『ふぁっくす』の確認をするとおじいちゃんから届いていたので受け取る。確認しにきてよかった。商業ギルド職員にお父さんが、カリョの花畑を森の中で見つけた事を話すと慌てていた。

「ここ数年で中毒患者が増えていたらしい」

「そうなんだ。解決するといいね」

「そうだな」

商業ギルドを出て門へ向かう。途中、立ち話をしている村の人の横を通る。

「聞いた？」

「何？」

「昨日の夜に、団長とギルマスが襲われたらしいわよ」

もう、噂になってるんだ。

「そうなの？　でっ？」

「あの団長とギルマスよ？　あっという間に返り討ちにしたそうだけど、どうも教会に手を貸していた冒険者たちみたいなの」

そんな事まで噂になってるの？　この村の人たちってすごいな。

「え～、馬鹿なの？　あの二人に手を出すなんて」

「本当よね？　団長たちに手を出すなんて、この村の救世主なのに。教会は本当に余計な事しかしないわよね」

救世主なんだ。今度会った時に、詳しく訊きたいな。

ん？

「追い出したいわね」

「えっ？　教会を？　そんな事が出来るの？」

「どうなんだろう。わからないけど、私たちを蔑ろにする教会なんてこの村にいると思う？」

「いらないわよね。そうよ、教会なんて追い出したいわ。そうしたら子供たちだって自由に遊べるんだから」

「今は、貴族だってほとんど来てないし。今なら追い出せるかもよ」

何だか、すごい会話だな。まぁ、追い出す予定みたいだから村の人たちが後押ししたら順調に追い出せるかもしれないな。

「こんにちは、何の話？」

「教会をこの村から追い出したいねって話よ」

「えっ、何それ？」

あれ？　団長さんたちの話ではなく、教会の話になるんだ。首を傾げると、隣のお父さんが微かに笑っている事に気付く。

「どうしたの？」

「いや。……あとで話すよ。あっ」

お父さんの視線を追うと、この村に来た時に対応してくれた隊長さんの姿。

「門を出るのに、時間掛かったりしないよな？」

「許可証を返して出るだけだから、大丈夫だと思うけど……」

この村に来た時の様子を思い出して、少し不安になる。

「あれ？　あの時の。おはよう。今日は森ですか？」

「おはようございます。出発する事になりまして」

お父さんの言葉に、隊長さんが残念そうな表情に変わる。

「そうなんですか。あ〜ま〜……この村、色々ありますからね。しかたないのかな？」

許可証を出すと、隊長さんが受け取ってくれる。よかった。すぐに出発が出来そう。

「また、寄ってくださいね。今度は、もっと綺麗な村になっている筈なので」

「はい。ありがとうございます」

「ありがとう」

門を出ると捨て場へ向かう。

「あるかな？　紫のポーション」

「ないと困るな。トロンも正規品のポーションが駄目だからな」

「うん」

紫のポーションは、呪いを解くポーション。洞窟内では呪いの石や呪いの宝箱があり被害に遭う人もいるが、それほど多くはない。また人を呪う呪詛だが、簡単な呪詛の場合は掛けた相手が病気で弱っていないかぎり撥ね返されてしまう。高度な呪詛は、とても難しく修行しないとそもそも扱えないと本に載っていた。その為呪い自体が珍しく、紫のポーションが作られる本数は少ない。なので、捨て場に紫のポーションが沢山捨てられる事は、ほとんどない。捨て場で必要な分だけ拾えなかった時の事を考えて、正規品の紫のポーションを試しに一本購入しトロンに与えた事があるが、トロンは見向きもしない。まさかと思い、劣化版を与えると普通に食べた。正規品と並べてみても、トロンが選ぶのは劣化版の紫のポーション。その為、捨て場で十分に紫のポーションがないと、とても困る。

「アイビーは、ポーションを頼むな、俺はマジックアイテムを集めるよ。マジックバッグが一杯になったらポーションを手伝うから」

「わかった」

周りを見回して人の気配を探る。そろそろ、ソラたちをバッグから出そうと思ったのだ。

「誰かこっちに来る」

気配はまだ遠く村の門の辺りだが、明らかにこちらに向かってくる人がいる。気配が近付いて来ると、知っている気配だと気付く。

「リア副隊長さんがこっちに来てるみたい」

「彼女が？」

「うん」

何か忘れものでもしたかな？　思い当たる事はないけどな。

「いた～、隊長がこっちだというから、怪しいと思ったけど本当だった」

目の前まで来たリア副隊長さん。

「こんにちは、何かありましたか？」

「団長から伝言があって門の所で待っていたんですが、隊長に余分な仕事を任されて、少し離れた所で出発されちゃった様なんです」

何というか、すごく運が悪いよね。

「伝言とは？」

お父さんが訊くとリア副隊長さんが呼吸を整える。

「私はわからないのでそのまま伝えます。『かんち。また来い』という事です」

かんち？　それって完治の事かな？　リア副隊長さんの言い方で一瞬わからなかった。

「そうか。伝言をありがとう」

ビスさんは助かったんだ。よかった。

「いえ、何か伝える事はありますか？」

「あ～。次来た時には、アイビーと俺に飯を奢れと伝えてくれ」

「ふふっ、わかりました。それより何か捨てに行くなら捨てておきましょうか？」

リア副隊長さんの言葉に首を傾げる。あっ、捨て場に向かっているからゴミでも捨てに行くと思われたのかな？　いつも拾いに行っているから違和感があるな。

「いや、大丈夫。それより隊長を一人にして大丈夫か？」

お父さんの言葉に、リア副隊長さんの視線が彷徨う。

「……少しぐらいなら」

そんな心配そうな表情で言われても……。隊長さん、いったい何をしてきたらこんな心配をされるんだろう。

「隊長が何かしでかす前に、戻ったほうがいいと思うぞ」

「ですが……」

リア副隊長さんが困った表情をする。

「私たちの時の様な事があったら、大変なので」

切れやすい冒険者だったら大変。

「は～、そうですよね。目を離したら、いつも余計な事をするんだから」

リア副隊長さんは大きく溜め息を吐くと、私たちに頭を下げてから踵《きびす》を返す。律儀な人だな。

「またこの村に来てくださいね。お待ちしてます」

「ありがとう。きっと来ますね」

リア副隊長さんが戻って行く姿を見送ってから、捨て場へ行く。

「捨て場に着いてから、ソラたちはバッグから出そうか？」

「うん。そうする。それにしても、リア副隊長さんは大変そうだったね」

「そうだな。あれは大変そうだ」

お父さんの言葉に、笑みがこぼれる。しばらく歩き続けると捨て場が見えてくる。

「やっぱり、この村の捨て場は少し広いね」

この村の捨て場は初めてではないけれど、改めて見ても広いと感じる。

「そうだな。拾う俺たちからしたらうれしいが、村からしたら大問題だろうな」

広い捨て場に積みあがっている、大量のゴミ。早くテイマーたちの認識が変わって、テイムした子たちと心を通わせられればいいのに。そうすれば、ゴミの問題は改善されていくのだけどな。

476話　ポーション確保

「紫のポーションは集まりそうか？　はい、これ」

お父さんが、三本の紫のポーションを渡しながら訊く。

「ありがとう」

ポーションを受け取り足元に置くと、線が一杯書かれた紙を見る。ポーションは一〇本集まるとマジックバッグに入れるようにし、その時に紙に一本の線を引く。こうしておけば、マジックバッグの中のポーションを数えなくても、集めた数がわかる。今集まっているのは……青のポーションが二五二本、赤のポーションが二六九本、紫のポーションが八五本か。紫のポーションが一番少ないが、思ったよりも多く捨てられていたので助かった。

「今の所八五本を確保したから、目標まであと少しだね」

目標は一〇〇本。この数でも、次の村まで足りるか足りないかギリギリとなる。一二〇本拾えればかなり助かるのだが、あまり期待しないほうがいい。

「八五本か。あと二〇本はほしいな」

「うん。それだと安心かな。ただ、トロンの食べる量が変わったら、足りなくなると思う」

「そうだよな。今の所は、変わってないんだよな？」

「うん」

トロンが紫のポーションを食べる量は、最初の頃から変わっていない。カリョの花畑を枯らしたあとに少し成長をしたけれど、その時も食べる量は変わらなかった。でもいつか、食べる量も増えるだろう。それがいつからなのかがわからないので、もう少し多く紫のポーションを確保したい。

「ソラやフレムみたいに、ポーション以外にも食べられる物が見つかればいいんだけどな」

お父さんの言葉に頷く。でも、色々試したがすべて駄目だった。一つだけ、代わりの食事が思いつくけれど……あれは駄目だろう。

「一つだけあるよな？　あえて考えない様にしているけど」

お父さんもやっぱり気になるよね。

「うん。でも、あれは駄目でしょ？」

「そうなんだが……。最悪の場合を考えて、はっきりさせておいたほうがいいと思うんだ」

「それは、そう思うけど……」

カリョの花畑を枯らしたあの時、トロンは少し成長した。間違いなく、花から栄養を取ったんだと思う。だからもしもの時は、森にある木から栄養を貰う事が出来るかもしれない。ただ、そのせいで木が枯れてしまうかもしれないが……。

「食事の問題は大きいからな。しっかり把握しておいたほうがいいだろう」

確かにお父さんの言うとおり。トロンに何が必要なのか、しっかり知っておいたほうがいいよね。

「木が枯れても、森は大丈夫かな？」

カリョの花畑の風景を思い出す。一面の花畑が一瞬で枯れた時は、風景が様変わりしていた。あれが森の中で起きたら？　……やっぱり駄目だと思う。

「さすがに花畑一面みたいに、森中を枯れさせるのは問題だけど、数本程度なら大丈夫じゃないか？」

「数本？」

「あぁ、トロンに加減をしてもらってさ」

それなら大丈夫かな？　でも、トロンは力加減が出来るのかな？　そもそも、お父さんと私が予想しているのは合っているんだろうか？　これはトロンに訊いたほうがよさそうだな。

「トロンに色々確かめないと駄目だね。えっと……トロンは何処だろう？」

カリョの花畑が一瞬で枯れた時、確かめておけばよかったな。あの時は、枯らしたのがトロンで間違いないという確認しかとらなかったもんね。トロンのした事に驚いてしまって。

「トロン。何処にいるんだ？」

「ぎゃっ」

お父さんが少し大きな声で呼びかけると、少し離れた所からトロンの声が聞こえた。声が聞こえたほうへ歩いて行くと、捨てられていた空き瓶の中にいた。

「トロン……」

お父さんが苦笑を浮かべる。

「えっと、瓶の中に落ちたの？」

私の質問に三枚の葉っぱが横に揺れる。横という事は、落ちたのではないって事だよね。つまり、自ら入ったって事？

「楽しいの？」

「ぎゃっ」

葉っぱが縦に揺れて、声もいつもよりちょっと高くなっている。といっても、瓶の中で鳴くのでその影響の可能性もあるけれど。どちらにせよ、トロンは空き瓶の中で満足そうだ。

「何が楽しいんだろうな？」

お父さんの質問に肩を竦める。

「さぁ、ちょっと理解出来ない。でも、本人が楽しいと言ってるんだから」

「それもそうか」

お父さんの言葉に頷く。トロン自身が楽しいならそれが一番。ただ、気になる事が出来てしまった。トロンの入っている瓶は、細長い形をしている。なので、瓶から出ているのは葉っぱの部分だけなのだ。

「ねぇ、トロン。そこから自力で出られるの？」

私の言葉に、うれしそうに揺れていた葉っぱがぴたりと止まる。

「……ぎゃ？」

慌ててトロンが瓶の中でもぞもぞと動くが、それほど太くない空き瓶だったので体を十分に動かす余裕はない。

「……出られないみたいだな」

お父さんが瓶の中のトロンを見て苦笑を浮かべる。それが気に入らないのか、ぷいっと体を瓶の中で反転させてしまった。

「ふふふっ。細長い瓶だから、トロンの体がすっぽり嵌っちゃったみたい」

「そうだな」

トロンはしばらく瓶と格闘したが無理だと思ったのか、じっと私を見つめている。

「出たいの？」

「ぎゃっ」

苦笑を浮かべて、トロンの入っている瓶を持ち上げる。さて、どうしようかな？　瓶をひっくり返してトロンを出すべきか。葉っぱを掴んで引っ張り出すか……。

「瓶を横に倒したら、自力で出てこれるんじゃないか？」

お父さんの助言を受けて、瓶を地面に横にしてみる。しばらくするともぞもぞと這《は》い出てくるトロン。

「ふ～」

あれ？　今、トロン溜め息吐かなかった？　トロンを見ると視線が合う。

「ぎゃっ、ぎゃっ」

これはお礼かな？

「これからは気をつけてね」

「ぎゃ～」

「まぁ、可愛かったけどな」

お父さんの言葉に、葉っぱが少しおかしな動きをする。いつもだったら三枚の葉っぱは同じ動きをするのに、今は三枚がバラバラに動いている。もしかして恥ずかしがっているのだろうか？

「あっ、トロンに訊きたい事があったんだった」

「ぎゃっ？」

トロンがお父さんの言葉に体を傾げる。

「少し前に、大量のカリョの花が枯れた時があったけど、あれはトロンがカリョから栄養を吸い取ったからなのか？」

「ぎゃっ」

鳴きながら頷くトロン。やっぱりだ。

「そうか。それって、他の花や木々からも栄養を吸い取れるのか？」

お父さんが訊くと、トロンは迷いなく頷く。

「紫のポーションが無くなってしまっても、大丈夫そうだな」

確かにそうだけど、森を枯らしていくのは駄目だと思う。

「森が枯れたら困るよ」

魔物は森の変化に敏感だと、冒険者たちが話しているのを聞いた事がある。トロンの食事のせいで広い範囲の木々が枯れたら、魔物にどんな影響を及ぼすのか考えるだけでも怖い。

「数本ぐらいなら大丈夫だと思うんだけどな。虫に食われて倒れる木だってあるんだし」

「それもそうか。とりあえずトロンに、力加減が出来るか確かめないとね」

「あぁ。そうだな」

そういえば、カリョの花畑を枯らした時、他の木々は枯れてなかったな。花畑の横にあったのに。

あれは偶然？　それともトロンがわざと？

「トロン？」

「ぎゃっ？」

お父さんが声を掛けると、うれしそうに返事を返すトロン。

「トロンは、吸い取る力を加減出来たりするの？」

私の質問に体を傾げるトロン。これは、意味が伝わっていないな。

「えっと、カリョの花畑みたいに一面の花から栄養を吸い取るんじゃなくて、森の中にある一本の木だけから栄養を吸い取る事は出来る？」

「ぎゃっ」

迷いなく頷くトロン。出来るんだ。

「すごいね、トロン」

ゆっくり葉っぱを撫でると、うれしそうに揺れるトロン。一本だけなら森に影響もあまりないかな。

「まぁ、森に頼るのは最終手段だけどな」

「うん、もちろん。そうならない為にもポーションを確保しないとね」

「そうだな」

ポーションが切れてトロンの体に影響が出そうになったらしかたないけど、そうならない為にまずは紫のポーションを集めないとね。

「さて、少し休憩も出来たしがんばるか」

お父さんの言葉に、もう一度捨て場を見て回りながらポーションを集めていく。お父さんもマジックアイテムを集め終えると手伝ってくれた。

「終わった～、マジックバッグが一杯になったよ。腰がいた～い」

中腰はつらい。両手を上にあげて、固まった腰をのばす。

「痛いけど気持ちいい」

「あっ、今ぐぎって言った気がする」

隣で一緒に腰をのばしていたお父さんが、腰をポンポンと叩く。

「大丈夫？」

「あぁ、大丈夫。それより紫のポーションはどうだった？」

「えっと、待ってね。線が一三本あるから、一三〇本を集められたみたい」

「すごいな」

「うん。ただ、かなり劣化している物もあって、トロンに確認したほうがいいかもしれない」

ソラたちはかなり劣化したポーションでも平気だけど、トロンが大丈夫とは限らないからな。後で、一番劣化している紫のポーションを見せて訊いてみよう。

477話　小さな小さな変化

シエルを先頭に森の奥に向かって歩き出す。しばらくするとシエルが立ち止まり、周りをきょろきょろと見渡す。

「どうしたの？」

「にゃ？」

不思議そうにするシエル。

「何かあるのか？」

お父さんが剣の持ち手を握り、周りを警戒する。ソラたちも、少し落ち着かない様子を見せ始める。

「アイビー、気配を探ってくれないか？」

「わかった」

深呼吸をして、気配を探る。なるべく広範囲を調べるが、何も引っかからない。

「特に何もないけど……」

「そうか。人でも魔物でもないのか？」

「あっ、魔物の気配はあるけど、遠いし近付いて来る感じじゃないの。それに、魔物だったらシエルはこんな反応はしないと思うし」

「確かにそうだな。シエル、気になるのは何かの気配か？」

お父さんの質問に少し考えて首を横に振るシエル。気配ではないんだ。という事は物？　場所？

「シエル、その気になるモノは危険なのかな？」

私の質問に、首を横に振るシエル。その隣でフレムとソラも、体を横に振っている。

「危険な物や場所ではないみたいだな」

危なくないけど、気になる……。

「気になるモノを、確認したい？」

私の言葉にシエルが「ぐるっ」と喉を鳴らす。そういえば、ソルが森の奥をじっと見つめているな。

「ソル、何か魔力を感じるの？」

ソルが気になるとしたら魔力だよね。

「ぺふっ」

ソルが鳴いて私をじっと見る。

「気になる魔力なんだ？」

「ぺふっ」

シエルが気になっていたのは、魔力という事になるのかな？　皆が気になる魔力を出す物か場所。

「お父さん、何か思いつく事はある？」

「いや、まったく何も。アダンダラのシエルやスライムのソラたちが気になる魔力。そもそも力が違いすぎるから、注意する魔力が異なるだろうし。場所？　ん〜、大地から魔力が溢れる事はあるが……」

大地から魔力が溢れる？　そんな事、初めて聞いたな。

「そんな事があるの？」

「かなり珍しい現象で、これが起きた場合は要注意なんだ」

「要注意？」

「あぁ、周りにいる魔物に魔力が影響を及ぼして暴走させる」

「それって最悪な事なんじゃ」

「そう。だが、シエルたちは危険はないと言ったからな。これではないだろう。となると珍しいマジックアイテムでも落ちているのかもしれないな」

マジックアイテム？　そんな物が、自然の中に落ちている事なんてあるの？　冒険者が落としていったとか？　いや、お金になるのに落とさないよね。要らなくなって、捨てていくのなら説明がつくけど。

「冒険者たちが作った違法な捨て場があるのかな？」

「それだと危険がないとは、言わないいんじゃないか？」

確かにそうだ。違法な捨て場に集まったゴミの魔力で、魔物が凶暴化する事がある。だからシエルたちが危険がないと判断するのは、少し違和感を覚えるな。

「シエル、気になる場所は違法な捨て場？」

私の言葉に首を傾げるシエル。ソラたちを見ても、同じ様な反応をしている。

「話していても答えは出ないみたいだし、気になる魔力の元へ行ってみるか。アイビーも行きたいんだろ？」

「うん」

お父さんがシエルを見ると、すりっと頭をお父さんの太もも辺りにこすり付ける。

「道案内頼むな。まぁ、いつもだけど、今回も」

「にゃうん」

「ぺふっ」

ん？　ソル？　お父さんの言葉にシエルが返事を返すと、なぜかソルの声も聞こえた。視線を向けると、ソルがシエルの隣を颯爽と移動している。今まで気になる魔力を察知しても、何も言わずにただただ窓から外を見ていたソル。気になって、外を見つめるソルに「気になるなら、その場所に行こうか？」と聞いても、決して行こうとしなかったのに今は、率先して誘導している。

「ソルがやる気になってるな。珍しい」

お父さんがソルを不思議そうに見る。

「そうだね」

私もソルのこんな姿は初めてで、わくわくしてくる。それだけ気になる魔力があるって事だよね。何があるんだろう？

「なんか、俺も気になってきたな」

お父さんを見ると、楽しそうにシエルたちを見つめている。その表情にちょっと驚いたけどすぐに笑みが浮かぶ。

「何？」

「何でもないよ。行こう」

出会った時のお父さんは、すべての事がどうでもいいみたいに見えた。一緒にいる様になって、色々な事に挑戦した。でも、それはすべて私の為。お父さんが好きでとか興味があってではなく、私が楽しめるかどうか。一緒に挑戦すれば、楽しんではいたけれど。でも、今のお父さんはこれまでとちょっと違う表情をしている。優しい目はいつもどおり、でも何処か……きらきらしている様な？　ちょっとした変化。ほんの少しの変化だけど、うれしい。

「何処までいくんだろうな？」

「結構な距離を歩いたよね？」

シエルとソルを先頭に森の中を歩き続ける。ゴツゴツした岩が少しずつ増え始め、見える景色が変わってきた。

「にゃ！」

シエルが鳴くと、一つの大きな岩の前で立ち止まる。

「ここ？」

「にゃうん」

シエルが言うにはここらしい。ソルもじっと岩を見つめている。

「この岩が、気になる魔力を放っているみたいだな」

「感じるの？」

私も魔力を察知出来るのに何も感じない。首を傾げると、お父さんがポンと頭を撫でる。

「かなりうっすらだ。あの距離があって、この魔力を感じられたシエルたちがすごすぎる」

お父さんが感心した様にシエルたちを見る。そんなに微かな魔力なんだ。私ももっとがんばって魔力感知を鍛えないと駄目だな。

「ぺふっ」

ソルの声に視線を向けると、岩にソルがへばりついていた。あまりの光景にお父さんも私も固まる。

「何、してるの？」

何とか言葉を口に出すが、ソルは岩から離れない。ソルの様子を見ていると、隣をシエルの尻尾がポンポンと叩きだした。

「ちょっと嫌な予感がするな。アイビー、下がったほうがよさそうだ」

「えっ、でもソルが」

ソルをもう一度見ると、岩が微かに揺れている事に気付く。ソルの力？　ソルには岩を震えさせる力でもあるの？

「あれってもしかして、岩から魔力を吸っているんじゃないか」

お父さんの言葉に、ソルを見る。

「あっ、触手が岩に突き刺さってる」

微かな魔力を、ソルは吸い取っているみたいだ。

「あっ。ソルが岩から離れたな」

ソルがぴょんぴょんと岩から離れると、少し離れた場所にいたソラたちと合流した。ボン、ボン、ボン。森に響く低い打撃音。お父さんが予想したとおり、シエルの尻尾が何度も岩に当たる。

「尻尾は大丈夫かな？　シエル！　無理しちゃだめだよ！」

「にゃうん」

尻尾で岩を叩きながら、普通に返事をするシエル。器用だね。

ボン、ボン、ボン……ピシッ。

「音が変わった！」

じっと岩を見る。シエルの尻尾が岩に向かって、叩き込まれる。

ピシッ、ピシッ……ドン。

大きな岩の一部がシエルの尻尾の威力に崩れ落ちた。

「穴だ」

お父さんの言葉に、岩を見ると大きな穴が開いている。

「シエルの力じゃないよね？」

あんな岩を一気に空洞にする力はない筈。

「あぁ、元々空洞だったんだろ。でも、シエルの尻尾はすごいな」

「うん。すごかった。あれっ？　魔力だ」

今まで私には感じられなかった魔力が、なぜか微かにだが感じられた。

「あの岩の魔力ではなかったんだな。あの中にある物が原因の様だ」

お父さんは、不思議そうに砕けた岩を手に持って首を傾げる。なるほど。さて、穴の中には……

あれ？　人の気配？　ん？

「お父さん、岩の中から人の気配がするんだけど」

「えっ！」

お父さんが慌てて岩の中を覗き込む。

「人が倒れてる。アイビーちょっと明かりを頼む」

マジックバッグからマジックライトを出して、岩の穴の中を照らす。

「「あっ！」」

478話　禁止された奴隷印

明かりに照らされて見えたのは、三〇代ぐらいの女性が緑色の箱を抱えて倒れている姿だった。彼女の周りには、食べ物や水が入っていたと思われる筒が散乱している。お父さんがそっと彼女の手首に指をあてる。

「生きているみたいだ」

「よかった。……どうするの？」

私の質問にお父さんが少し考え込む。すぐに助けようとは思ったのだが、彼女の着ている服が気になった。それは修道服。教会の関係者で女性が着る服だ。

「教会関係者には関わりたくないが」

「うん」

でも、助けないと絶対に後悔する。ただ、教会関係者。あとでどんな問題が起こるかわからないから、それが怖い。でも……彼女を見ると、苦しそうに息をしているのがわかった。

「お父さん、助けよう」

「そうだな。問題が起きたら逃げるぞ」

「うん」

「ぷ～？」

ソラの声に視線を向けると、不思議そうに私たちを見るソラ。あっ、そうだ。頼るのは駄目だけど、確認はしたい。

「ソラ、彼女を助けても大丈夫？」

「ぷっぷぷ～」

すぐに大丈夫と返事を返してくれるソラ。シエルたちも、当然とばかりに頷いた。

「何だ、大丈夫なんだな。よしっ、とりあえずはこの場所から移動しよう。熱があるみたいだしな」

お父さんが女性の腕を肩にかけて持ち上げると、女性が抱えていた緑の箱が地面に落ちる。意識をなくしても腕で抱えていた物だから、きっと大切な物なんだろうと拾う。

「大丈夫？」

「あぁ、軽い。これはちょっと軽すぎるな」

お父さんの言葉に女性の手を取って見る。肉が一切ついておらず骨ばった手。

「かなり痩せてるね」

「そうだな。……彼女は訳ありかもな？」

お父さんの言葉に苦笑が浮かぶ。問題事から逃げてきたと思ったんだけどなぁ。まだ何かあるらしい。岩穴から出て、周りを見渡す。

「もう気になる事はない？」

シエルたちに訊くと、それぞれが鳴きながら頷いてくれる。

「ソラ。悪いがゆっくり出来るこの岩穴より大きな場所はないか？　彼女をしっかりと休ませたい」

「ひどいの？」

「栄養不足で風邪を拗《こじ》らせたら大変だから」

確かに。

「ポーションだけ飲ませていく？」

「そうだな。すぐにフレムのポーションが取り出せるか？」

腰に巻き付けてあるマジックバッグからフレムの赤いキラキラしたポーションを取り出す。

「そのポーション小分けにしたのっていつだっけ？」

「えっと確か、三ヵ月ぐらい前かな？」

「劣化しないな」

お父さんがポーションを見て感心した表情をする。フレムのポーションも、ソラのポーションのように小分けにしても劣化しない。本当に不思議なポーションだ。

「支えてもらっていい？」

「あぁ、ちょっと待て」

お父さんが女性を支えて顔を少し上に向けてくれる。口にそっと瓶の口を当て、少しずつポーションを流し込む。

「咽《むせ》るかもしれないからゆっくりな」

「うん。大丈夫……よしっ、飲んだ」

ポーションが効いたのか、少しずつ女性の息が落ち着いてくる。顔色もよくなったようだ。

「大丈夫だね」

「そうだな」

お父さんが女性を抱え直すと、動きを止めた。

「お父さん？」

「アイビー、ちょっと岩穴に戻ろう」

「えっ？」

お父さんは女性を抱えると、出てきたばかりの岩穴に戻る。慌ててあとを追うと、お父さんが女性の服の襟元を緩めていた。

「どうしたの？」

「ちょっと、気になるモノが見えて。確かめたい」

女性の首元が見える様になると、黒い蔦《つた》の様なモノが見えた。

「何これ？」

「昔使われていた奴隷印だ。この方法は禁止されているんだが」

「奴隷印？　教会の人なのに？」

お父さんの表情に焦りが見える。

「この奴隷印は、見た目ではどんな命令がされているかわからないんだ。命令も確か一〇個はつけられた筈だ」

「一〇個！　今は三個までって決まってるよね？」

「あぁ、奴隷たちを守る為に法律が変わって、この奴隷印の使用は禁止されたんだ。まさかこんなモノを今も使っている奴らがいるとは」

確か、奴隷を使った犯罪が横行したんだっけ。それで法律が変わって命令は三個まで。奴隷の輪には、どんな命令をしたのか一目でわかる様にする事が義務付けられたと聞いたな。

「困ったな。魔力が安定したら命令どおりに動き出すかもしれない。しかもどんな命令がされているのかわからないし……」

お父さんが岩穴の中を見渡す。そして、私が持っている緑の箱を見る。

「それって確か……」

「うん。女性が持っていた箱なんだけど」

「見せてもらえるか？」

「もちろん」

本人の許可はないけど、いいよね。お父さんに渡すと、ゆっくりと蓋を開けた。中身を見たお父さんが少し驚いた表情をする。

「マジックアイテムだ。彼女は逃げてきたのかもしれないな」

「えっ？　教会から？」

奴隷印があるのに？

「まだ予想だから、何とも言えないが。その可能性はある」

お父さんが、箱から黒い紐を取り出す。

「紐？」

もしかしてこれがあるから逃げられたとか？　でも、ただの黒い紐に見える。

「あぁ。この黒い紐は体内にある魔力を吸い取って不安定にするんだ。昔使われた拷問道具の一つだ」

「えっ！」

ただの紐に見えるのに、そんな力があるんだ。でも、拷問道具？　魔力を吸い取って、不安定にさせる事が？　私が首を傾げると、お父さんがポンと頭に手を乗せる。

「魔力が強い者に使用されたんだ」

魔力が強い者？　なるほどこの黒い紐で魔力を吸い取って乱れさせて魔法を使えない様にしたんだ。あれ？　でも魔法を使わせない様にするマジックアイテムがあったよね？　何でそっちではなく、この黒い紐を使ったんだろう？

「このマジックアイテムは使いたくないな。だが、他に奴隷印を抑える方法が思いつかないし」

「ぺふっ」

「ん？　ソル？」

お父さんが黒い紐と女性を見比べていると、ソルが女性に近付く。そういえば、この岩に微かにあった魔力を食べた後、少しぼーっとしていたな。

「ソル、もう大丈夫なの？　少し様子がおかしかったよね」

女性のほうに気を取られて、様子を見るのを忘れてた。駄目だな、これじゃ。

「ぺふっ」

一つ頷くソル。そしてうれしそうに、女性に向かって跳んだ。

「「あっ」」

女性の首を包み込んだソル。そのままちょっとプルプルと揺れると、静かになる。

「お父さん」

「ん？」

「紐はいらないんじゃないかな？」

「あぁ、そんな気がする」

お父さんと一緒に、女性とソルを見つめる。

「ここで見ててもしかたないな。今日はこの岩穴とテントで順番に休憩するか」

「そうだね。この岩穴だと三人は寝られないもんね」

普通に座るぐらいなら問題ないが、ぎりぎりの広さだ。岩穴を出ると、シエルがのんびりとくつろいでいる。そのお腹のあたりにソラとフレム。トロンは肩から下げているバッグの中で、いつの間にか寝ていた。

「ちょっと振り回しちゃったな」

トロンの入っているバッグをシエルの近くに置く。

「ごめんね、シエル。トロンが起きたら知らせてくれる？」

「にゃうん」

「あっ、それと。今日はこの岩穴の近くで過ごす事になったから。協力よろしくね」

「ぷっぷぷ～」

「てっりゅりゅ～」

「にゃうん」

順番に頭を撫でると、テントの準備をしているお父さんの下にいく。

「ごめん手伝うよ」

「ありがとう。そっちを押さえてくれ」

テントを二人で張り終え、食事の準備を始める。

「起きるかな？」

「ん～、魔力が乱れると体力が奪われるから、今日は無理かもしれないな。体力がなさそうな細さだし」

「確かに。でも、起きた時にすぐに料理が出来るとは限らないし……消化のいいものを作り置きしとくね」

「そうだな。手伝うよ」

「ありがとう」

479話　目が覚めた！

「おはよう」

「おはよう。疲れてないか？」

「大丈夫。お父さんは？」

森の中で寝る時は、お父さんとシエルと私で順番に見張りをする。最初はお父さんとシエルだけだったけど、何とかお願いして参加させてもらった。かなりがんばった。と言ってもお父さんとシエルよりかなり短い時間だけど。

「大丈夫だ」

火をおこし、朝食の準備をしているお父さん。顔を見るかぎり疲れている様には見えないけれど、笑って無理をするからしっかり見ておかないと。そういえば、何だか静かだな。テントの中にはトロンとフレムとソルがまだ眠っている。ソルは女性の首を包み込んだ二時間後には離れて、しばらくボーとしてそのまま寝てしまった。ソルのおかしな様子が心配になり、ソラたちに確認を取ったけど大丈夫という事だった。ただその時、ちょっとソラたちの様子が変だった。なので再度違う言葉で確認を取ってみたが、答えは問題なし。あのソラたちの反応は、何だったんだろう？

「アイビー」

「ん？　何？」

「ソルのあの様子なんだけど」

ボーとしてた事だよね？

「うん。何かわかったの？」

「わかったというか……魔力の余韻に浸っていたとは考えられないか？」

えっ、余韻？　さすがにそれは……でも昨日のソルの様子は言われてみれば……。

「あるかもしれないかな？」

「気になっていた魔力だろ？」

「そうだと思う」

お父さんの言う事が正解の様な気がしてきた。

「アイビーが昨日ソラたちにソルの事を聞いただろ？」

「うん」

「その時の皆の様子がちょっと呆れていた様に見えたからさ」

あぁ、あれは呆れてたのか。……確かに、そうかもしれない。心配が先に立ってしまって、冷静に皆の事を見られてなかったな。それにしても、呆れて……。

「ぷっ、ふふふふ」

「くくくっ」

昨日のソラたちの様子を思い出して笑うと、つられてお父さんも笑い出した。余韻か、何だかソルらしいな。あとで聞いてみよう。

「そうだ、ソラとシエルは？」

「女性の所だ。まだ目は覚ましていないよ」

「そっか。何があったんだろうね」

奴隷印をつけて教会に居た女性。何だか嫌な感じだな。

「彼女が、貴族たちがあの教会に足しげく通っていた原因かもな」

「うん。そうかもしれないね」

奴隷印で教会に縛り付けられていた女性。骨ばっかりでやせ細って、髪なんて傷んでボロボロ。

「ぷっぷ～」

岩穴に視線を向けると、ソラが姿を見せた。

「ソラ、おはよう。もしかして目が覚めたのかな？」

「ぷっぷぷ～」

ソラがうれしそうに頷いたので岩穴に行こうとすると、お父さんに止められた。

「俺が行くよ」

「でも、男の人を怖がるかもしれないから」

「……それもそうか。でも、何かあったら困るから入口の所にいるよ」

「うん。お願い」

ソラたちが大丈夫と判断しているけれど、恐怖で暴れる事だってある。刺激しない様に、あまり近づかない様にしよう。

「入りますね～。おはようございます」

なるべく驚かさない様に気をつけて声を出す。岩穴の中に入ると、女性が岩穴の奥の壁に背中をつけ座り込んで震えている。

「えっと、大丈夫です。私もお父さんも、あなたを傷つける事はしません」

手を前に出して、手を振る。これで、何もしないってわかってもらうのは無理だよね。どうしたらいいんだろう。

「か、かえ……して……」

喉に何かが詰まっている様な声が耳に届く。女性をしっかり見ると、首に手を当てて一所懸命声を出しているのがわかる。

「水を持ってきますね。まずは飲んでください」

「か……え……して」

帰して？　返して？　どっちだろう。ん～逃げてきたとして、不安な事は……奴隷印だ。あれを怖がっているなら、もう安心していいと言わないと。

「黒い紐の様なマジックアイテムなら必要ないですよ。奴隷印は消したので」

私が黒い紐が必要ないというと悲愴な表情を見せたが、奴隷印が消えたというと唖然とした表情で首をしきりにさすっている。そして不安そうな表情で私を見た。これは信じていないな。まぁ、しかたないよね。私が誰なのか知らないんだし。

「お父さん」

私がお父さんに声を掛けると、女性の肩がびくりと震える。

「どうした？」

「鏡を持って来てもらっていい？　奴隷印が消えた事を見せたいの」

「わかった」

父さんが、離れる気配を感じる。そういえば、シエルは何処だろう。岩穴を見渡すが、いない。スライムになっているのかと思ったが、その姿もない。ソラと一緒に女性の所にいると思ったんだけど、違ったようだ。

「お待たせ。水も持ってきた」

「ありがとう」

お父さんから鏡と水が入ったコップを受け取ると、女性の傍にゆっくりと寄る。女性の様子を見ながら、少しずつ少しずつ。手をのばしてもちょっと届かない距離で止まり、膝をつく。

「これお水です。で、こっちが鏡です」

怯えさせない様になるべくゆっくりと女性の前に差し出す。水の入ったコップと鏡を見ていた女性は、私を警戒しながら鏡に手をのばす。鏡を持つと私の様子を窺っているのがわかる。水のコップを女性の傍に置くと、ゆっくりと立ち上がり後ろに下がった。

「確かめてください」

自分の首を指しながら言うと、戸惑った表情をしながら鏡で首元を見た。

「あっ……」

鏡に映る自分の首元を見た女性は、唖然とした表情をしたまま固まる。そして涙が溢れた。

「あの……これを」

もう一度近付いて布を差し出すと、不思議そうな表情で私を見る女性。もしかして涙に気付いていないのだろうか？　少し迷ったがもう一歩、女性に近付き膝をつくと濡れている頬を布で拭いた。

「あっ……」

本当に気付いていなかったのか、布が濡れた事に驚いていた。女性を見ると、口元に力が入っている事に気付く。もしかして泣くのを我慢しているのだろうか？

「……泣いて、いいんですよ」

こんな事しか言えない自分が、情けなくなる。それでも我慢している女性に気持ちを吐き出してほしくて、女性の手を握って気持ちを伝える。

「我慢しないで」

伝わったのかはわからないが、女性が泣きだした。それにほっとして、女性の隣に移動すると背中をそっと撫でた。どれぐらいそうしていたのか、女性が小さく身じろぎをした。

「大丈夫ですか？」

私の質問に小さく頭が縦に揺れる。

「水をどうぞ。喉が渇いたでしょう？」

眠ったあとに泣いたのだから、きっと喉が渇いている筈。女性の傍にある、水の入ったコップを差し出す。ポーションは病気は治してくれるけど、喉の渇きを癒してくれるわけではないからね。

「あり……が、とう」

「いいえ」

女性はコップを受け取り、口に付けるが飲もうとしない。何だろうと見ているが、口にコップをつけたまま戸惑っているのがわかった。

「どうしました？」

女性は首を横に振って、コップをゆっくり傾けた。一口飲むと、後は勢いよくコップの中の水を飲みほした。

「ふ～」

やはりかなり喉が渇いていたようだ。

「もう少し持ってきましょうか？」

私の言葉にコップを見て小さく頷く女性。コップを受け取ると、水を取りに行こうとしてお父さんが手を出している事に気付いた。

「ありがとう」

「どういたしまして」

私とお父さんの様子をじっと見ている女性。

「熱が出てたんだけど、体はしんどくないか？」

お父さんの言葉に緊張した面持ちで頷く女性。

「そうか。お腹も減っているだろう？」

お父さんの言葉に、首を横に振る女性。

「減ってないのか？　でも、体力を戻す為にも食べたほうがいい。アイビーが消化にいいものを作ってくれているから。ちょっとでもいいから食べないか？」

女性が不思議そうにお父さんを見る。そして視線を彷徨わせる。

「私たちも今から朝ごはんなんです。一緒に食べましょう？」

私とお父さんを何度か見た女性は、一回頷いた。その様子にお父さんがホッとしたのがわかった。

480話　まずは食べよう

「どうぞ」

笑顔で女性にお椀を差し出す。少し戸惑いながら受け取った女性からは、怯えが伝わってくる。もう少し気を休めてほしいけれど、どうしていいかわからない。

お父さんも、女性の怯えように戸惑っていた。何せ、声を掛ける度に震えられるのだから。温かいものでも食べればもう少し落ち着くかと、まずは食事をする事にしたのだけど、こんな状態で食べて大丈夫だろうか？

「あ、の……」

「はい。何でしょうか？」

女性の視線が私とお父さんを交互に見る。怖がっていた様なので、お父さんは少し離れた所に座って朝食を食べているがもう少し離れたほうがいいのだろうか？

「わた、しは、だいじょう、ぶ、で。一緒、に」

大丈夫で一緒？　お父さんを見る。一緒……。

「あっ。お父さんが、こっちに来ても大丈夫ですか？」

私の言葉に頷く女性。でも、どう見ても怖がっている。どうしようかと、お父さんを見る。

「少しだけ、そっちに寄らせてもらうな」

お父さんはほんの少し私の傍に寄って、また食事を始める。それに微かにほっとした表情をした女性。怖いけど、大丈夫だと思ってくれているのかな？

「温かいうちに食べてくださいね」

消化にいいものと考えて作ったのは、前の私の記憶にあったおじや。野菜もお肉も入っているので、体によさそうだし。じっくり煮込んで柔らかくしたから、消化にもいい筈。

「これはおじやで、おいしいんですよ」

私にとっては何とも懐かしさを感じる味。一口食べると優しい味がした。あっ、でも味が薄すぎたかな？　私にはちょうどいいんだけど、どうだろう？　女性を見ると、私をじっと見つめている。

それに首を傾げると、慌てて視線を逸らした。

「味はちょっと薄いかもしれません。薄かったら塩を足すので言ってくださいね」

女性は頷くとスプーンでおじやをすくって口に運んだ。何だかドキドキする。大丈夫かな？

「おい、し、いで、す」

女性の口元が微かに上がる。それにほっとする。

「味は大丈夫ですか？」

「はい」

「おかわりありますからね」

私の言葉に、何度も頷いておじやを食べる女性。よかった。お父さんもそんな女性に、ほっとした表情を見せた。

「おじやって、そんなにうまいのか？」

「おいしいよ。でも、お父さんには味が薄いと思うけど」

私に合わせて作ったおじやなので、薄い味付けになっている。

「一口、味見にもらえるか？」

「ふふっ、ちょっと待ってね。……はい」

小さなお皿に二口分のおじやを入れて渡す。お父さんはすぐに食べきると、首を傾げた。

「やっぱり味は、しない？」

「いや、味は感じる。まぁ、薄いけど」

「えっ、味がわかるの？」

「誤解を受けそうな言われ方だな」

「あははは」

だって、薄味で作った料理は、味を感じないって言っていたんだもん。

「いつもの薄味？　ちょっと濃くした？」

「してないよ。いつもどおり」

「そうなのか。薄いけど確かに味を感じる。まぁ、もう少し濃かったらもっといいけどな」

これって味を濃くして作ってほしいって事かな？　でも、動き回るお父さんに消化のいいおじや？　すごく大量に作る必要があるんだけど。あっ、体調が悪いわけじゃないんだから、おかずをつければいいのか。私も好きだし、作ろうかな。でも、味は二種類だな。濃い味と、薄味。食べ終わって、お父さんと私にお茶を淹れる。

「シエル、遅いね」

「そうだな」

ソラが私の下へ来る少し前にシエルは先に出てきて、すぐに何処かに駆けて行ってしまったらしい。いつもと違う行動なので少し不安になる。

「大丈夫だ。シエルは強いから」

「うん」

早く帰って来ないかな。

「あの……あり、がとう。おい、し、かったで、す」

「どういたしまして」

女性はお椀の中身を食べきると、少し力を抜いた様に見えた。少しずつ、怯えなくなっていくといいんだけどな。

「今、お茶を淹れますね」

「あっ」

申し訳なさそうな表情に、笑みが浮かぶ。お茶を淹れて渡すと、小さく頭を下げすぐに受け取ってくれた。何度か口元が動くが、言葉になる事は無くお茶を飲みだした。

「名前を聞いていいか？」

お父さんの言葉に、女性の動きが止まる。

「言いたくないならいい。ただ、これからの事を話したい。何処か行きたい所があるなら、その場所まで護衛してもいいし」

女性の視線があちこちへ移動する。何度か私とお父さんを見て、そして口を開いてまた閉じる。

「あの、なま、えマリャで、す」

「マリャか。わかった。俺はドルイド、こっちが娘のアイビーだ。よろしくな」

食事前より怯えてないな。よかった。

「よろし、く」

マリャさんか。

「マリャさん、よろしくお願いします」

お父さんと私を見たマリャさんの目が、微かに笑みの形を作る。その事に私はうれしくなる。私とお父さんを見た瞬間から、その目はずっと怯えていた。どうしたらいいか、正直わからなかった。なので、ほんの少しだけど、マリャさんの表情が変わった事がうれしい。

「ごめ、んなさい。はなしが……ききづ、らい」

「気にする必要はない。ちゃんと伝わっている。それに、わからない時は訊くから、その時はもう少し説明を頼むな」

お父さんの言葉に頷く。ちょっと言葉が足りない所があるけど、問題ない。

「ずと、はなしき、し、されて、て。はなす、のどいわ、かんが」

話す事を禁止されていたのか。で、話すと喉に違和感がある。ずっと話してなかったみたいだから、筋肉が急に動いて驚いているのかな？　それなら、がんばって話し続けたら普通になるの？

「そうか」

あれ？　お父さんの表情がほんの少し険しい？　マリャさんは、気付いていないみたい。よかった。そっとお父さんの着ている服を引っ張る。

「ん？」

「顔、怖いよ」

「あぁ、悪い。気をつけないとな」

お父さんが小声で謝罪をしてくれたので、小さく頷く。

「あの、あの、こ」

あの子？

「きゃか、からにげ、くれた」

きゃか？

「教会か？」

お父さんの言葉にびくりと震える女性。つまりえっと、……あの子が教会から逃がしてくれたかな？

「マリャさんは、ハタル村にいたんだな？　そこの教会に捕まえられていた」

お父さんの言葉に首を縦に動かす。あっ、あの子ってもしかして、ビスさんの事？　教会の人たちはマリャさんを捜す為に、ビスさんを必死に捜していたんだ。お父さんはビスさんが、教会の雇った冒険者に怪我をさせられたって言っていた。それってもしかして、マリャさんの居場所を無理やり聞き出そうとしたから？　……完治してよかった。

「あの子とは、ビスの事かな？」

お父さんの質問に、泣きそうな表情で何度も頷くマリャさん。

「そう、あのこ、むら、にげてて。あの、こ……」

ビスさんは、一緒に逃げても捕まると考えてわざと村に残ったのかもしれない。村に残って教会の目を自分だけに向けようとした。

「大丈夫だ。ギルマスが保護して無事だ」

お父さんの言葉に涙を流すマリャさん。

「すみ、せん、もう、だいじょ、ぶ」

「これから、どうしたい？」

お父さんが訊くと、マリャさんは戸惑った表情をする。

「にゃうん」

「シエル！」

気付かなかった。というか、完全に気配を消してるみたい。目の前にいるのに、ほとんど気配も魔力も感じられない。

「にゃうん」

あっ、気配も魔力も戻った。すごいな。

「何かあったの？　気配まで消して」

傍まで来たシエルにギュッと抱き着く。体を上から下まで見たが、怪我はしていない。よかった。

「にゃ！」

「ん？　何を咥《くわ》えているの？」

シエルが私の手の上に、何かを乗せる。見ると、紫色の小さな実が一〇個。

「木の実？」

「えっ、シエルこれってパスカの実？　えっ？　もしかしてこれを採りに行っていたのか？」

「にゃうん」

えっ？　何？　というか、シエルはどうしてそんなに自慢げなの？　ん？　パスカの実？　聞いた事ないけど、どんな実なんだろう？　木の実や果物を勉強した時にも聞いた事はないけど、有名なのかな？

「はぁ、いきなり居なくなるからどうしたのかと思えば。シエルは気付いたんだな」

「にゃうん」

「さすが、おりこうさん」

お父さんがシエルの頭をぐしゃぐしゃと撫でる。シエルの尻尾がいつもよりちょっと激しいな。

「あ、のそ、こ。めがさ、たとき」

あっ、シエルが怖いのかも。慌ててマリャさんを見るが、ずっと怯えているのでわからない。

「マリャさん、この子はシエル。私たちの大切な家族なんです」

「にゃうん」

私の言葉にうれしそうに鳴いて頷くシエル。それを見たマリャさんが、ふっと一瞬だけ表情を柔らかくした。

「わっ」

驚いた。一瞬だったけど、すごく柔らかい表情だった。

「アイビー、どうした？」

「何でもないよ。それよりパスカの実って何？」

ずっと、そんな表情をしていられる様になればいいのにな。

481話　呪いと幻の実

「パスカの実は、奴隷印の呪いを唯一解く事が出来る幻の実だ」

えっ、呪い？　マリヤさんを見ると、驚いた表情でお父さんを見ている。その様子から気付いていなかった事がわかった。でも、呪いなら。

「お父さん、呪いなら紫のポーションで解けるんじゃないの？」

「普通の呪いなら解けるが、奴隷印の呪いは紫のポーションでも解く事は出来ない。数分程度なら効果はあるらしいが、呪いの力が勝ってしまうんだ」

そんな呪いがあるんだ。知らなかった。

「マリヤさん」

お父さんの静かな声に、マリヤさんの肩がびくりと震える。

「は、い」

「奴隷印で『しゃべるな』という命令を二回掛けられたのでは？」

お父さんの言葉にマリヤさんが頷く。同じ命令を二回も？

「マリヤさんのその話し方は呪いのせいだ。呪いを解かないかぎり、すぐに話せなくなる」

「えっ、話せなくなるの？」

ずっとしゃべっていなかったから、こうなのだと思ってた。まさか、これが呪いのせいだなんて。

「あぁ。話すと違和感があると言ったよな」

「は、い」

「その違和感が日に日にひどくなって最後には声を奪う。おそらく痛みも出るだろう」

そんな。せっかく奴隷印から解放されたのに。マリャさんを見ると、青くなって震えている。そっと右手をのばして、マリャさんの手をギュッと握る。

「あっ」

「大丈夫。呪いを解くパスカの実があるんだから」

さっきお父さんがそう言った。だから、大丈夫。左手の中にあるパスカの実を見る。

「奴隷印の呪いは、かなり特殊なんだ」

お父さんの言葉に視線を向けると、少し苦しそうに話すお父さんがいた。すごく、嫌な予感がする。

「奴隷の輪は魔力の契約によって縛るが、奴隷印はそれ自体が呪いなんだ。奴隷印を施されると呪いで縛られる。そして奴隷印を外す事で、新たな呪いが上書きされ、より特殊で強固な呪いとなる。同じ命令をするのは、奴隷印が外れたあとに発動する呪いを速める為だ」

呪いを速める。だからお父さんはすぐに話せなくなると言ったのか。

「このパスカの実で何とかなるんだよね？」

お父さんに向かってパスカの実を見せる。

「確かに、パスカの実がそんな呪いを解く唯一の方法だ。だが、絶対ではない」

「どういう事？」

絶対ではないって、つまり呪いが解けない事もあるの？　お父さんをじっと見つめると、険しい表情をした。

「パスカの実は一〇個までしか食べる事が出来ない。それ以上食べると、体に影響が出る」

「影響？」

「そうだ。症状は人によって違うらしいが、最終的には死ぬ」

死。

握っていたマリャさんの手がびくりと震える。それに応える様に少しだけ手に力を籠める。

「その間にパスカの実が呪いを解いてくれればいいが、駄目な時もある」

つまり、食べてみないとわからないという事。

「一〇個はパスカの実を食べても影響はないの？　マリャさんはかなり体力を奪われているけど」

「一〇個までなら大丈夫だ。文献にしっかり載っている」

文献なら正しい情報だよね。それにしても一〇個。その間にマリャさんの呪いが解けたらいいいんだけど、一〇個なんて少ないよ。

「あの、その、まぼ、しのみ、わたな、てわい」

ん？　幻の実まではわかったけど、わたなって何だろう？　……駄目だ。お父さんも考えているけどわからないみたい。

「マリャさん、幻の実のあとはなんて言いましたか？」

私の言葉にマリャさんは首を手で押さえる。

「わたし、なて、わる、い」

私になんて悪い！　あぁ、そういう意味か。ん？　納得してどうするの、断る言葉じゃないこれ。

「シエルが、マリャさんの呪いを解きたいと思って採って来たんです。だから気にしないでください。それに、ここでパスカの実が必要なのはマリャさんだけだから、いらないと言われたら腐るだけですよ」

「パスカの実は一日しか食べられないから、売る事も出来ない。だから気兼ねせず食べてほしい。アイビーの言うとおり、マリャさんが食べないと腐らせるだけだから」

私の言葉とお父さんの言葉に、パスカの実を見るマリャさん。

「にゃうん」

「シエルも食べてと言ってますよ」

マリャさんがシエルを見る。

「マリャさん、呪いがこれで絶対に解けるとは言えない。だが、このままでは……マリャさんにとってよくないから」

お父さんを見るマリャさんが、一度頷くとそっと私の手の中にあるパスカの実に手をのばす。一つ手に取り口の中に入れる。

「味は大丈夫ですか？」

「あま、いす」

甘いのか、だったら食べやすいよね。よかった。渋いとかだったら、食べるのも大変だもんね。

「変化はないな。次を食べて」

「お父さん、呪いが解ける時はどうなるの？」

「呪いが掛かっている場所から、黒い煙が出てくるからわかりやすい」

黒い煙が出てくるなら首元を見ていたらいいかな。マリャさんが二個目のパスカの実を食べる。変化なし。三個目を食べるマリャさん。

「だ、めみい」

三個を食べても黒い煙は出ない。マリャさんも落ち込んでしまっている。

「大丈夫。お茶でも淹れようか？」

緊張で喉がガラガラだ。何とかあと七個のうちに黒い煙が出て来ますように。

お茶を淹れる為に、立ち上がろうとするとツンと何かに引っ張られる。見ると、マリャさんの指が私が着ている服を引っ張っている。

「すみ、せ、ここに」

「わかりました」

マリャさんは四個目のパスカの実を口に入れる。ゆっくり噛んで食べるマリャさん。しばらくしても変化はない。五個目を口に入れる。

「ん？」

マリャさんが首を傾げる。

「どうした？」

お父さんが心配そうに訊くと、マリャさんが戸惑った表情をする。

「口に入れておかしいと思ったら、吐き出し――」

マリャさんの首元から黒い煙がふわっと出る。そしてそれはすぐに空気の中に消えた。

「あっ」

「やったっ！」

黒い煙が出たという事は、呪いが解けたんだよね？　食べた量は五個。よかった五個で済んだ。

文献で大丈夫だと書かれていても、やっぱり一〇個食べるのは不安だったから。

「あっ……」

マリャさんが驚いた表情で首に手を当てる。

「マリャさん、大丈夫ですか」

「いたみが、きえて」

話し方は慣れていないからなのか、ゆっくりだけどさっきとは確実に違う。言葉が途切れてない。

「いわかん、ないです」

マリャさんの目から涙が溢れる。

「よかった。これで安心だな」

お父さんの言葉に、涙が増えるマリャさん。

「ありがとう。ほんとうにありがとう」

泣き続けるマリャさんに、布を渡す。

「ありがとう」

泣きながら何度もありがとうを繰り返すマリャさん。お父さんが、そっと近付きぽんぽんと頭を撫でた。

482話　マリャさんの過去

「落ち着いたか?」

「はい。ありがとうございます」

「どうぞ。目を冷やしてください」

マリャさんに、水で濡らした布を渡す。泣きすぎて真っ赤になってしまった目。でも、表情が少し明るくなった。

「ありがとうございます」

まだ少し戸惑っているけれど、最初の頃の様な怯えはない。緊張感はまだあるようだけど、少し歩み寄れた気がする。

「後片付けしちゃうね」

朝ごはんの片付けをしておこう。話を聞いた後、すぐ移動するかもしれないからね。

「あぁ、手伝うよ。何をすればいい？」

「すぐ済むからお茶の用意と、お菓子を食べよう？」

何かしたわけじゃないけど、ちょっと疲れた。甘いものがほしい。

「そうだな。昨日から色々あったからな」

「うん」

お父さんがお茶の用意をしてくれるので、その間に朝ごはんの後片付けをする。マリヤさんがどうしようかちょっとうろうろして、お父さんに座っている様に言われていた。それにしても、マリヤさんは痩せている。あれでは旅は大変だろうな。

「洗い物は終わりっと。拭いてマジックバッグに全部入れたよね。あとは……ゴミも大丈夫。よしっ」

終わった。作りながら片付けているからそれほど多くないし、簡単。

「お疲れ様。お菓子はチョーバーにしたけどよかったか？」

ハタル村で買った小麦のお菓子。ほんのり甘くてサクサク。中に入っているチョーが甘くておいしいんだよね。フォロンダ領主に貰って食べてから、お気に入り。

「うん。チョーバーってなかなか売ってないから久しぶり。楽しみ！」

チョーが入ってないバーだけや乾燥した果物が入っている物はあるけど。私は、黒いチョー入りが好き。

「前に食べた物と味が一緒とは限らないけどな」

「見た目は似てるけどね」

マリャさんはチョーバーを眺めて不思議そうな表情をしている。

「どうぞ。甘くてサクサクしておいしいですよ」

「はい。ありがとうございます」

マリャさんが食べるのを確認してから、自分の分を食べる。うん。フォロンダ領主に貰ったチョーバーよりちょっと甘味が強いけど、おいしい。

サクサク。

サクサク。

「ふぅ。久々にうまいな」

「うん」

お父さんがマリャさんをそっと窺う。いつ話を始めようか考えているんだろうな。マリャさんを見ると、チョーバーを食べきりお茶を飲んでいた。

「そろそろ、話をしていいか?」

「……はい。話、します」

「話したくない事は話さなくていいからな」

「はい。えっと……私、ハタル村にきたのは七歳です。お母さんがスキルしらべる。だからあそこに……」

マリャさんの表情が曇る。教会にはスキルを調べる為に行ったのか。

「スキル調べて。周りが煩くなって……お母さんが何処かに行ってしまった。暗い部屋に入れられて、それからずっと一人。泣いても誰もこない。お母さん、お父さんいなくなった」

えっ？　マリヤさんの姿を見る。三〇歳ぐらいだと思うけど、七歳から今まで監禁されてたの？

「部屋から出た事はないのか？」

「ある」

完全に監禁されていたわけではないのか。

「部屋から出る時、人に会う。手を握ってきて。見えた事を言う。それ以外はずっと部屋。あっ、掃除の人いた。でも話せない」

人に会う？　教会……貴族？　貴族が来た時だけ部屋から出されて、何かさせられていたんだ。それ以外は暗い部屋に閉じ込められて。唯一会えたのは掃除をしに来る人だけ。でも、話せないなら意味がない。

「奴隷印をつけられたのがいつかわかるか？」

「わからない。お母さんを捜しに部屋から出た後、殴られて気付いたらあった。話せなくなってた」

ひどい！　あれ？　さっき「見えた事を言う」と言ったよね？　どういう事だろう？

「マリヤ、話せなかったんだよな？　どうやって見えた事を伝えたんだ？」

「チャスリスの前、話す。ほか駄目」

話せる人を残して、他の人に話せなくさせた？

「そんな事が出来るの？」

お父さんを見ると頷く。

「あぁ、出来る。……主人となった者に、従順にさせる為に使われる手法の一つだ」

お父さんが、私に近付き小声で教えてくれた内容に目をむく。従順って！

「ひどいっ」

少し大きな声で叫んだ私に、不思議そうな表情を向けるマリャさん。

「マリャ、チャスリスという者はどんな人なんだ？」

お父さんの質問に、マリャさんの表情がふっと綻ぶ。

「チャスリス、優しい。会えた時は幸せ」

教会の用いた手法は成功している。マリャさんがチャスリスという人の事を話す時は、表情が優しくなる。すごい孤独に追いやって、たった一人に縋《すが》らせる。最悪！　最低！　ムカムカする！

「マリャ。自分のスキルが何かわかってるか？」

お父さんの質問に、顔色を悪くしたマリャさんが首を横に振る。

「そうか」

お父さんの表情が少し険しくなる。

「さっき『見えた事を言う』と言っていたが、何が見えた？」

「手を握ってきた人の事。皆いやな事ばかり」

マリャさんがブルリと震える。何か嫌な事でも思い出したのかもしれない。でも、今の話って
……まさか、未来でも見たのかな？

「あと時々、体に黒い塊。それを消す」

体に黒い塊？　ん？

「その黒い塊は何処にあるの？」

私の質問に、マリヤさんが少し考える。それにしても何だろう？　スキルの話を始めてから、マリヤさんの様子が少しおかしい。怖がっている？

「一番多いのここ」

そう言うと、マリヤさんが自分の心臓の部分を指す。次に「ここ」と言って、胃の部分。最後に「ここ」と言って、頭を指した。

「黒い塊は今の所の中にある」

中……体内にある黒い塊？　病気の事？　でも病気ならポーションである程度は対応出来るよね？　すごく悪化させて体力がなくなっていたら、ポーションでも助けられないけど。ハタル村まで移動が出来るなら、きっと体力は大丈夫。

「……黒い塊って何？」

お父さんを見ると苦笑した。

「おそらく呪いだろう」

「呪い？」

でも、呪いも紫のポーションで治せるけど……。

「貴族として、呪われてると周りに知られるわけにはいかないんだよ。『誰かに恨みを買っているのか？』とか『何かひどい事をして呪われたんじゃないか』と、憶測が飛び交うからな。真実だとしても、噂になる事は貴族としての矜持が許さない。だから秘密裏に呪いを解く必要がある」

わからない。それでも紫のポーションで治せると思う。

「紫のポーションを秘密裏に使えばいいんじゃないの？」

「貴族に呪いを掛けるのは、ほとんどが貴族だ」

「うん」

「貴族が使う呪いは高度な呪いなんだ。だから紫のポーションを、多く使う事が必要な場合がある。急に数十本の紫のポーションを買ったなんて噂がたったら？」

あっ、バレちゃうのか。それにしても修行が必要なのに、高度な呪いを使う人がいるんだ。どれだけ人を呪いたかったんだろう？

「マリヤ、その黒い塊は一回で消す事が出来たのか？」

「出来た」

「そうか。呪いを一回で解く事が出来る彼女はかなり貴重だな。だから奴隷印か」

お父さんが大きな溜め息を吐く。

「マリヤ。スキルなん――」

「使えない！」

「「えっ？」」

お父さんがスキルの事で何か言おうとすると、マリヤさんが立ち上がって叫んだ。

「マリヤ、お――」

「いらない、祈った。毎日、毎日。だからなくなった。私使わない！　使いたくない！」

お父さんの言葉にかぶせる様に叫ぶマリャさん。その表情は恐怖に歪んでいる。マリャさんにとってスキルは恐怖なんだ。

「マリャさん、落ち着いて。使わなくていいから」

立ち上がって震えているマリャさんの手を、そっと握る。ビクッと震えるけれど、私の手をギュッと握り返してくれた。

「いらない。祈った、消えた」

「そうか。マリャが必要ないなら、いらないスキルだな。なくなってよかったよ」

「……ほんとう？　チャスリス、怒った。すごく怒って……怖かった」

チャスリスという人に天罰がくだらないかな？

「いらないって……ゴミだけど売れるって……」

地獄に落ちればいいのに！

「俺もアイビーも、マリャのスキルを使おうとは思っていない。ただ、正しい情報を知る必要がある。ただ、それだけなんだ。だから使わなくていい。なっ、アイビー？」

「うん。使わなくていいよ」

私が力強く頷いて言うと、マリャさんがホッとした表情を見せてくれた。よかった、信じてくれたかな？

483話　どんなスキル？

「お父さん、マリャさんのスキルが何かわかる？」

呪いを解く事が出来るスキルって何だろう？　病気なら光なんだけど。それとももう一つのスキル。

あれって、その人の未来を見てるのかな？　それだと……。

「マリヤ、確認したいんだが」

「はい」

「人に触れたら見えたと言ったよな？」

お父さんの言葉に頷くマリャさん。

「その時に見えたモノと一緒に数字は出たか？」

「数字？」

私が首を傾げると、お父さんが頷く。

「占い師が持つスキルかと思ったんだが……どうだ？」

「いいえ、触れた人が出てくる場面だけです」

「そうか」

お父さんの表情が少し困惑したものになる。

「お父さん？　大丈夫？」

「あぁ、ちょっと驚いて。マリャのスキルは『光』とたぶん『未来視』だと思う」

「光と未来視」

未来視は確か、消えたスキルの一つだった筈。あれ？　誰に聞いたんだっけ？

「俺も信じられないが、まさか未来視のスキルを持つ者がいるとはな」

お父さんの言葉にびくりと震えるマリャさん。

「そんなに珍しいの？」

「珍しいというか。存在しないスキルだからな。ほしいスキルとして話に出る事はあるが」

あれ？　存在しないスキル？

「スキルは消えたんだよな？」

「えっ、はい。何度も調べた。消えた」

マリャさんの言葉に、お父さんが安堵の表情を見せる。それを不思議そうに見るマリャさん。

「お父さん？」

「教会の奴らが何度も調べたのなら、確実に消えたんだろう。スキルが消えるなんて聞いた事はないが」

確かにスキルが消えるなんて、一度も聞いた事がない。

「ありえない事なの？」

「まぁな。でも、教会の奴らがそう判断した事で、マリャを捜す奴らが確実に減る」

確かに。光と未来視のスキルを今も持っていたら、何が何でも捜しに来ると思う。でも、消えたんなら教会はそんなに力を入れない筈。

「んっ？　誰かマリャさんを捜しに来るの？」

マリャさんの話から、必要ないと思われたみたいだし、誰も捜しに来ないのでは？　私の言葉に、マリャさんが不安そうにお父さんを見る。

「残念ながらいるんだよ。確実にマリャを捜しに来る馬鹿どもが」

馬鹿ども？　……貴族の事？

「マリャ。見えた未来の中に、犯罪が含まれていなかったか？」

マリャさんは、お父さんの言葉に顔を青くして頷く。

「あっ、マリャさんを捜しに来るのは貴族が雇った人たち？」

「あぁ、マリャの証言で犯罪が明るみに出る。それを避けたい貴族は多いだろう」

マリャさんの表情が悲しそうに歪む。見たくもない未来を見せられて、利用されて。これからは追われるの？　何とかならないかな？

「マリャ。これからどうしたい？」

「えっ？」

お父さんの言葉にマリャさんが、お父さんを見つめる。

「これからの事だ。何処か行きたい所はあるか？　何かしたい事は？」

マリャさんを見ると、戸惑った表情をして視線を彷徨わせている。そういえば、お母さんと離れ離れになったって……。いや、これは触れないほうがいい。教会の事だから、きっと最悪な結果になっているかもしれない。

「私は……どうしたら？」

途方に暮れた表情のマリャさん。それもそうか。ずっと教会に閉じ込められていたから、わからないのかもしれない。

「マリャ。俺たちは王都へ向かって旅をしている。安全な所まで一緒に来るか？　ただ、旅だからマリャには少し……かなりつらいと思う」

ん？　それ以外に何か出来る事ってあるのかな？

「他には？」

「俺が信頼している人に手伝ってもらって、マリャを保護してもらう事も出来る」

お父さんの言葉に、マリャさんがお父さんの手をとっさに掴む。

「ん？」

「一緒。お願い」

お父さんを掴むマリャさんの手が震えている。

「旅は体力がいる。がんばれるか？」

「がんばる」

「アイビーもいいか？」

「もちろん」

「あの、ハタル村には行けない？　私を連れだしてくれたあの子にお礼を言いたい」

「悪い。行かないほうがいい。あそこには教会に手を貸す者が多くいる」

ギルマスさんたちががんばってくれた筈だから、今はどうかわからない。だけど危ないかもしれない所には、近付かないほうがいい。

「マリャさん。安全な所に着いたら手紙を送ろう？」

「手紙？」

「そう。ギルマスさんと団長さんはお父さんの知り合いなの。だからビスさんにマリャさんの気持ちを伝えてもらえるよ」

マリャさんがお父さんを見る。それに頷くお父さん。

「あいつらなら大丈夫だ。マリャの事を誰かに漏らす事はないから」

「ありがとう。これから、お願いします」

頭を下げるマリャさん。

「ぷ～」

不意にソラの鳴き声がすると、マリャさんから小さな声が漏れた。見るとマリャさんの膝の上に乗っているソラ。

「ソラ、驚かせたら駄目だよ」

「ぷ？」

マリャさんの膝の上で不思議そうにするソラ。

「わからないふりしても駄目。わかっているでしょ？」

「ぷっぷぷ～」

やっぱり。でも、ソラのお陰で何だか空気が軽くなったな。

「あの……この子は」

「マリャさん。私はテイマーなんです。で、その子はソラ。あと……」

話に夢中で、みんなの事を放置してしまっていた。慌てて、周りを見るとシエルの傍にいるフレムとソルを見つけた。トロンは……あれ、いない。トロン専用のバッグを見るが、いない。

「えっと、その子がフレムで横の黒いスライムがソル。で、大きい子はシエルです」

紹介しながら周りを見回す。いないいな。

「どうした？」

「トロンがいなくて。どうしよう」

お父さんも周りを見る。

「シエル、トロンが何処にいるか知っているか？」

「にゃうん」

よかった、知っているんだ。

「何処にいるの？」

座っていたシエルは立ち上がると、歩き出す。それに付いて行くと、大木の傍で止まった。

「ここ？」

「これは……」

お父さんが大木の様子を見て、険しい表情をした。

「何？　この木に何かあるの？」

大木を見上げる。あれ？　葉っぱが異様に少ないな。それに、枝の所どころが黒くなってる。

「病気？」

「木魔病《きまびょう》だ」

木魔病？　初めて聞いたけど、病気？

「木の内部に魔力が溜まってしまう病気だ」

木の内部。そっと手をのばすとお父さんに掴まれた。

「触らないほうがいい。どれだけ魔力が溜まっているかわからないから」

「わかった。このままにして大丈夫？」

「いや、大丈夫じゃないな。木魔病を放置すると、周辺の木を巻き込んで腐るんだ。それに地面が大きく陥没する。それだけだったらいいんだが、その陥没した所に魔力が溜まりやすいのが問題なんだ」

「魔力が？」

「あぁ、異様に速く魔力が溜まるらしい。だから見つけたら木を燃やすんだが……デカいな」

「そうだね」

燃やすにしても、まずはこの大木を切って……。あれ？

「お父さん、この木枯れてない？」

「……そうだな。目の前で一気に枯れたな」

「ぎゃっ！」

「あっ、トロン！」

知っている鳴き声に、視線を向けるとにょきにょきと土から這い出てくるトロン。うん、不気味だ。

「ぎゃっ！　ぎゃっ！」

「ん？　どうしたの？」

あと少しという所で、トロンがじたばた地面の上で暴れ始めた。近付いてみると、根というか足がまだ地面から出ていない。

バタバタ。

バタバタ。

「もしかして……足が引っかかったの？」

私の言葉に、暴れるのをやめて見つめてくる。

「お父さん、何か地面を掘れるものある？」

「木の枝ならあるぞ」

お父さんとマリヤさんも手伝って、トロンの周りの土を掘る。少し掘ると、トロンが足を地面から引っこ抜いた。その反動でコロンと転がるトロン。

「……えっと、最近家族になったトロンです」

マリャさんに紹介すると、トロンも転がった状態で葉っぱを揺らした。あっ、最初からあった葉っぱが成長してる。

484話　占い師に必要なスキル

「体を拭くお湯をどうぞ」

「はい。ありがとうございます」

お父さんの服の中でマリャさんが着ても大丈夫な服を、マリャさんの大きさに合わせて縫っていく。後ろで体を拭く音を聞きながら、急ぐ。

「すみません」

「いえ、大丈夫です。前までは自分の服を縫っていたので」

破れた所を他の服の布切れで埋めたり、丈が短いのを他の服で長くしたり。今思えば色々がんばったな。

「次の村に行ったら、まずは服を買いましょうね」

「でも、私……」

「どうしました？」

「お金を持っていないので」

大丈夫と言っても気を遣うよね。私だったら、気になる。

「旅をしながら出来る事はしてください。料理をしたり、荷物を持ったり」

「料理ですか？　作った事ないですけど……」

「一緒に作りましょう」

「はいっ。楽しみです」

あぁ、急いで縫っているから雑だな。とりあえずの服だからいいよね。

「出来た！」

ズボンの丈を短くして腰の部分をかなり詰めて……大丈夫かな？　マリヤさんすごく細いから、詰められるだけ詰めたけど絶対におかしくなってるよね。ん～、これはしかたない。上の服は両脇の所で少しずつ詰めたけど、絶対にまだ大きいよね。これは、諦めるか。あと上下一枚ずつ貰ったから、そっちはマリヤさんにしっかり合わせてゆっくり縫っていこう。

「どうぞ」

「はい」

着替え終わるまでに、裁縫道具を片付ける。そういえば、これも捨て場で拾ったものだな。折れ曲がった針をまっすぐにするのに苦労したなぁ。まぁ、今もちょっと曲がっているけど、それに慣れてしまった。

「あの……」

後ろを振り向いて着替え終わったマリヤさんを見る。……うん、見事に似合わない。やっぱり詰めるだけだと、服に変な皺が寄るから駄目だな。と言っても、修道服よりまし……だと思いたい。

「えっと」

「すみません。次の村に行ったら、絶対に服を買いに行きましょう」

うん、それが一番。そうしよう。

「そろそろ出発出来そうか？」

「出来たけど」

岩穴から出るとお父さんが首を傾げる。私の後から出てきたマリャさんを見て、ちょっと口元が動いた。あっ、笑うの我慢してる。お父さんを睨むと、視線が逸れた。

「次の村に行ったら、服を買いに行こうな」

「えっ」

「ぷっ」

マリャさんの驚いた声と、私の噴き出した笑い声。お父さんが私たちを見て、不思議そうな表情をする。

「私と同じ事を言った」

「そうなんだ。まぁ、それもしかたないだろう」

お父さんがマリャさんを見る。

「おかしいですか？」

「おかしいというか、服が大きすぎるんだよ。詰めすぎで変な皺が出来ているし」

「そうですか」

不思議そうに自分の体を見下ろしているマリャさん。着心地もよくないだろうな。

「それより、少しでも次の村に近付く為に出発しようか」

「うん。皆行くよ。大丈夫?」

マジックバッグを順番に肩から下げて、最後にトロンの入ったカゴを肩から下げる。

「にゃうん」

「ぷっぷぷ～」

「ぺふっ」

「てっりゅりゅ～」

「よろしくお願いします」

「ぎゃっ!」

えっ、マリャさん? ……まぁいいか。それぞれ荷物を持って歩き始める。

「あの、私も何か持ちますけど」

マリャさんの言葉にお父さんが首を横に振る。

「当分は何も持たずに歩いて体力を温存したほうがいい。俺たちは慣れているから大丈夫だし」

お父さんの言葉に、マリャさんが戸惑いながらも頷く。歩き出すと、少ししてマリャさんの息が上がってきているのに気付いた。想像以上に体力がない様に感じる。

「お父さん、少しゆっくり歩く?」

歩く速さを変えるかお父さんに訊くと、マリャさんを見て首を横に振る。

「気にするだろうから、もうしばらくこのままで」

「わかった」

確かに荷物の事も気にしてたのに、そこに歩く速さまでゆっくりになったら気に病むよね。

「でも、すぐに休憩になるだろうな。まぁ、のんびり行こう」

「うん。そうだ、スキルの話の事なんだけど」

「どうした？」

「占い師が持つスキルが気になって。数字が出るとか言ってたし」

未来視と何が違うんだろう？

「あれか。占い師になるには絶対に必要なスキルが二つある。一つが確率視のスキルで、もう一つは過去視のスキルだ。稀に一つしか持っていない占い師もいるようだが、だいたいがこの二つを持っている者が多い」

確率視のスキル？　過去視のスキル？

「過去視は過去を見られるスキル？」

これはわかりやすいな。

「あぁ、そうだ。星が多ければ、占い師が見たい過去を覗く事が出来るそうだ。ただ昔すぎると無理だと聞いたな」

それでも、すごいスキルだな。

「主に犯罪者を捜すのに役立っている」

なるほど。過去視が過去なら、確率視は未来？　確率？　起こりやすい割合だよね？

「確率視の見せる未来は絶対ではないんだ。未来視とはおそらくここが違うと思う。確率視はその未来になるのが何割なのか数字も一緒に見えるそうだ。星が多いほど、確率の精度が上がって占いが外れなくなるらしい。俺は当初、マリヤのスキルが確率視だと思ったんだよ」

「そうなの？」

「あぁ、さっきも言ったが未来視なんてスキルは夢物語だからな」

そうか。ないと思っていたスキルを予想する人はいないよね。

「だが、確率視だと隠す必要があるのか疑問があった。教会は星が五つの確率視がいると既に公表している。だからマリヤを隠す理由がない。それなのになぜハタル村の教会がマリヤを隠しているのかと考えた。だが、貴族の出入りがある以上隠し通せるものでもない。そこでふっと思い浮かんだのが未来視だ。ありえないと思ったんだがな」

「だから数字を聞いたんだ。というか星五つの占い師がいるんだ」

すごい事だよね。

「あぁ。教会が言うにはまだ生きている筈だ」

何だろう、まったく興味がなさそう。

「マリヤに数字を聞いた時は半信半疑……いや、未来視のスキルを持っている者がいるなんて、思いもよらなかったよ。だが、マリヤは数字はないというだろ？　色々スキルを考えてみたけど、どれも違う。消去法で残ったのは未来視なんだ」

なるほど。お父さんが戸惑って見えたのは、ありえないと思ったスキルだったからか。

「少し休憩にするか」

「えっ？」

後ろを見ると肩で息をするマリャさん。歩き始めて一時間ちょっと。

「マリャ、少し休憩をしようか」

「えっ、はぁ、はぁ、はぁ、はい」

大丈夫かな？　すごく心配になってきた。

「座りましょう」

私の言葉にマリャさんが近くの大木に座り込む。全身で呼吸していてかなりつらそうだ。

「大丈夫ですか？」

「はぁ、はぁ、はい。はぁ。大丈夫です」

まったく大丈夫に見えないけどな。マジックバッグからお茶の入ったコップを出してマリャさんに渡す。お礼を言って受け取ったマリャさん。

「すみません。まだ少ししか、はぁ、歩いていないのに」

「私たちの旅は、のんびりしたものなので大丈夫ですよ」

「そうそう。気になる所があったら、すぐに逸れるしな」

森の奥の奥とか洞窟の中とか。

「うん。ねぇ、シエル」

「にゃうん？」

「今回は歩きやすい道で、次の村までお願いね」

歩きやすいと言っておかないと、崖を登ったりするかもしれない。あれは大変だったからな。

485話　逃げられた理由

「アイビーとマリャに相談があるんだ」

お父さんが、お茶を飲みながら私たちを交互に見る。

「何？」

「何でしょうか？」

「ハタル村の教会が、マリャの情報を外に漏らしていた場合、おそらく貴族たちは既に動き出している事が予測出来る」

確かに、証言されたら困るもんね。

「情報がまだ漏れていない可能性もあるが、楽観視はしないほうがいいだろう」

お父さんの言葉に頷く。

「マリャの見た目などの情報は、実際に貴族たちとは会っているのでごまかしようがない。髪を切るぐらいは向こうも予想するだろうからな。だから設定を変えようと思うんだ」

「設定ですか？」

マリヤさんが困惑した表情でお父さんを見る。私もよくわからず首を傾げる。

「奴らが捜しているのは三〇歳前後の女性一人だ」

確かに。

「それを誤魔化す為に、俺たちが家族になればいいと思わないか？　俺とマリヤが夫婦でアイビーがその子供。これで捜している女性から大きく外れる」

「「……えっ！」」

お父さんとマリヤさんが家族！　あっ、えっとこれは追っ手を欺《あざむ》く為だから、本当に家族になるわけじゃないんだよね。そうそう、……二人の子供？　私のお母さん！　いや、本当じゃなくてマリヤさんの追っ手がいた場合を考えての嘘なんだけど……。駄目だ、混乱してる。えっと、これは逃げ切る為の嘘。本当じゃない。

「いえ、あの、それ」

隣でマリヤさんが、私と同じ様に混乱している。

「どうかな？」

どうかなって言われても……。確かに、一人の女性を捜している人たちには、かなり有効だと思う。家族は確実に除外されるもんね。

「いい考えだと思う」

「マリャは？」

「私は、えっと、ご迷惑をおかけしていますし……これ以上は」

マリャさんが申し訳なさそうな表情になる。まぁ、気にするよね。

「実は俺たちもハタル村の教会から逃げているんだ。だからマリャがいてくれると、俺たちのほうも誤魔化せるから助かる」

ん？　私たちの事を教会がそんなに捜すかな？

「えっ？　そうなんですか？」

「あぁ、俺の持っている物を教会の連中に狙われているんだ。だから取られる前に逃げてきた」

あぁ、なるほど。マリャさんの気持ちを軽くする為か。それにしても、本当と嘘が見事に交ざってるな。表情もいつもどおりだし、何も知らなかったら私でも騙されそう。

「そうなんですか？」

「あぁ。だから俺たちの方も、マリャさんの存在はありがたいんだ。なっ、アイビー？」

お父さんが、そう言って私を見る。それに笑って頷く。

「……わかりました。ドルイドさんたちの役に立つなら」

「よかった。助かるよ」

お父さんが微かにほっとした表情を見せた。

「そうと決まれば、呼び方と話し方を変えないとな」

ん？　話し方？

「えっと、お母さんでいいですよね」

「アイビー。その話し方だと他人行儀だろ」

確かにそうだよね。えっと……うわ～、恥ずかしい。気楽に気安く。

「お母さん……」

「はい」

マリヤさんを見ると顔が赤くなっている。これって、私も真っ赤だよね。というか、呼ぶだけでなんでこんなに恥ずかしいの？

「これからよろしく」

よしっ。

「緊張して棒読みだけど、まぁ、追い追い慣れていくしかないか」

「うん。慣れるまで待って」

なんでだろう。お父さんと話す時はなんともないのに。マリヤ……お母さんと話す時は背中がむずむずする。

「アイビー、よろしく」

あははっ。マリヤさんも……お母さんも棒読みだ。それに顔が強張りすぎ。

「くくくっ。アイビーもマリヤもなんだよそれ」

お父さんは我慢が出来なくなったのか、笑い出した。確かにかなりひどいもんね。呼ぶだけなのに、どうしてこんなに緊張するのか。

「ふふっ」

あっ、笑ってる。ちょっとぎこちないけど、笑える様になったんだ。

「マリヤ。笑っているがマリヤにはもう一つ大切な事があるからな」

「えっ？　何ですか」

お父さんの言葉にマリヤさんが緊張した表情を見せる。

「俺の事はドルイドと呼んでくれ。あと話し方がアイビーと一緒で他人行儀だから」

「えっと、はい。あっ……」

「まぁ、ゆっくりでいいから慣れてほしい」

「はい」

ん〜、大丈夫かな？　沢山話せば、慣れるのが早くなるかな？

「あの」

マリヤさんが、悩みながら口を開く。

「どうした？」

「ハタル村に手紙を送る時に、村の人に一緒に伝えてほしい事があるんです」

「内容にもよるが、何を伝えたいんだ？」

「えっと。詳しくは、私もわからないんです。でも、チャスリスが」

チャスリスさん？　マリヤさんは、まだ彼を大切に思っているのかな？

「私はずっと部屋から出られなくて。あの子とも小さな窓越しに出会ったんです。色々話すと、ここにいたら駄目だって。チャスリスと一緒にいたら駄目だって。私も逃げたかった、あの部屋から、彼から。それであの日、部屋の鍵を開けてくれて。森へ連れて行ってくれたんです」

あの子とは、ビスさんの事だよね。あれ？　今の話、ちょっとおかしいよね？　どうして、ビスさんは部屋まで来られたんだろう？

「逃げる時に気付いたんです。いつもいる人たちが誰もいないって。教会の扉の前にチャスリスがいて、声を掛けようとしたらあの子に止められて。隠れたんです」

よかった。声なんて掛けていたらすぐに捕まってしまう。

「チャスリスが、森のカリョが全滅したって」

ん？　カリョ？　何処かで聞いた事があるな、その名前。……あっ、麻薬の花。トロンがおいしくいただいた花だ。えっ、教会が麻薬を育ててたの？

「チャスリスと話していた人はすごく怒ってた。俺が来たのは、すべて買い取る為だって、無駄足を踏ませたのかって」

教会に来てた貴族は麻薬を買いに来てたの？　しかもすべて買い取る？　あの花畑の量から考えると、個人で楽しむ量ではないよね。最低な貴族だな。

「チャスリス、すごく困ってた。使える物があるかもしれないから、全員で調べてるって」

あぁ、だから教会に人が居なくてビスさんはマリャさんを助け出せたのか。

「助けようと思ったの、いつも『忙しい俺がわざわざお前の為に時間をつくっているんだから、俺を助けるのは当たり前だ』と、言っていたから」

……奴隷落ちして、地獄を味わってほしい。

「でも、あの子が駄目だって。見つかったら殺されるって言うから。それにカリョは駄目な花なんだって教えてくれた。人が育てては駄目な花だって」

ビスさんはすごくしっかりした人だな。

「チャスリスは駄目な花を育ててる。唯一の人だけど、駄目な事は駄目。だからカリョの事を村の人に伝えてほしい。あの子が言っていた、カリョは人を壊すって。そんな花をチャスリスに育ててほしくない」

マリャさんは自分を閉じ込めたのが教会の人間だと知っている。チャスリスが教会の人だとも知っている。だから逃げたい筈なのに、一人だった孤独をほんの少し癒したチャスリスに悪い事をしてほしくないとも思っている。これって、洗脳になるのかな？　何だか悲しくなってきた。

「カリョの花の事は既に伝えてあるから大丈夫だ」

「えっ！　本当？」

「あぁ。というか、全滅させたの俺たちだしな」

お父さんの言葉に驚いた表情のマリャさん。確かに話を聞くかぎり、教会を混乱させたのは私たちだね。トロン、最高。

「あのカリョはどんな花なんですか？」

「どんな花なの？」

お父さんの言葉にマリャさんが首を傾げる。

「話し方」

「あっ。えっと、どんな花なの？」

「カリョの根には麻薬成分が含まれているんだ。麻薬はわかるか？」

お父さんの質問にマリャさんが頷く。

「私が会った人、麻薬の病気に罹っていた人が多い。なくすと喜んでた」

ははは。悪い事をしている貴族の多くは、麻薬の中毒者という事か。

「麻薬中毒は病気とは少し違うかな」

「違う？」

「あぁ、病気はどんなに予防しても不意に襲い掛かってくる事があって、自分では完璧に対処出来ないモノだ。でも、麻薬は自ら手を出さなければ完璧に防ぐ事が出来るんだ」

「自ら手を出す？」

お父さんの言葉に首を傾げるマリャさん。

「そうだ。自ら手を出して、いつしか自分ではやめる事が出来なくなるのが、麻薬だ」

「やめる事が出来なくなる？」

「一回や二回なら大丈夫と思っているうちに、麻薬に依存していくんだ。麻薬がほしくなり、人格が変わる者もいたりして危険なんだよ」

マリャさんが、お父さんの言葉にゆっくり頷く。

「ある人はそれがほしくて、自分を止めた女性を殺したのを見た」

「そうか」

見た、という事は未来の出来事を見たんだよね。

「麻薬は人として大切なモノを壊すからな。使った者も、売った者もどちらも奴隷に落とされる。売った者は一番過酷な場所から二度と生きて出られないだろう」

そうなんだ。

「チャスリスは、それを知っていると思いますか？」

「あぁ、知っているだろう」

お父さんが力強く言い切ると、マリャさんが寂しそうに頷いた。

486話　夫婦？　妹？

「ソラ、ありがとう」

マリャさんが増えた事で、寝床にする場所の確保が少し大変になった。二人と三人。たった一人だけど、寝床に広さが必要になった為だ。まぁでも、そこはソラ。三人とソラたちが寝ても十分な寝床を見つけてくれた。ソラを撫でまわしていると、背中にボスっと衝撃がくる。慌てて振り向くと、シエルが背中に頭をぶつけていた。

「どうしたの、シエル？」

「にゃっ！」

シエルは短く鳴くと、森のほうへ向かって歩き出した。また、何処かへ行くのだろうか？

「お腹が空いたの？」

二日前に食事しに行った筈だけどな。

「……」

私を見たシエルは首を横に振る。お腹が空いているわけではないのか。マリャさんに持ってきたパスカの実の様に、何かあるのかもしれないな。

「帰ってくる？」

ほんの少し不安になったので、シエルの目をじっと見る。

「にゃうん」

当然とばかりに頷いたシエルに、ホッとする。

「わかった。魔物には気をつけてね。危ないと思ったら逃げるんだよ。無茶はしない事」

「にゃうん」

「あれ？　何処かに行くのか？」

シエルと話をしていると、枝を拾いに行っていたお父さんとマリャさんとフレムが帰ってきた。

「そうみたい。枝、ありがとう」

「どういたしまして。シエル、気をつけるんだぞ」

「にゃうん」

走り去るシエルを見送ると、焚火に枝を追加する。

「一応、乾燥してそうなのを選んだけど、大丈夫か？」

「うん。大丈夫そう。夕飯は、もう少し待ってね」

お鍋に入れて煮ていた野菜の硬さを見る。あと少しという所まで軟らかくなっているので、残りの野菜と肉を入れる。臭み取りの為の薬草と香りの為の薬草を入れると蓋を少しずらして乗せる。

「そういえば、お父さん。この辺りには、どんな魔物がいるの？」

マジックバッグからポーションと剣、マジックアイテムを取り出しているお父さんに声を掛ける。

マリヤさんはお父さんに言われたのか、ソラとフレムの前にポーションを並べている。

「そうだな。この辺りはまだフォーが多いな。フォーは、体が大きく強いから広範囲に生息しているんだよ」

フォーは強いのか。シエルから逃げていく後ろ姿しか見てないから、大きさとかちゃんと把握出来ないな。でも、遠目からでも大きいのはわかったけど。

「あっ、今日のお肉はそのフォーだよ」

「『チェチェ』の店主とケミアさんに貰って来た奴か？」

「そう。煮込んでもおいしそうだったから」

「それは、楽しみだ。マリヤ、そのポーションはトロンのだから、ソラの前には置かないで」

「あぁ、すみません」

「焦らなくていいから、落とすぞ」

「はい」

「ほら、話し方。もっと気安く、緊張せずに」

「は……うん」

あれ？　夫婦ってこんな感じなのかな？　何だろう、お父さんとお母さんというより……。

「ほら、危ない。焦る必要ないから」

「はい」

「言葉」

「う～」

ふふっ。あっ、そろそろ味付けをしないとな。どんな味にしようかな？　野菜とフォーからいい出汁が出てるから、それを生かしてちょっとだけソースを入れてみようかな。

「マリヤ、それじゃないよ。それはトロンのポーションだから。ソラは青のポーションだから。劣化版だからちょっとわかりづらいかもしれないけど、それは紫」

「あれ？　えっと」

「利き腕のほうがトロンの紫ポーションだ」

「利き腕ですか？」

「今、上げた腕だ」

「あっ、こっちがトロンのほうなんですね」

「言葉」

「う〜」

くくくっ。

「マリヤ。そこの土は、湿っているから気をつけるようにって言ったのに。あっ、膝！」

「あれ？　うわっ」

「あ〜、あとでアイビーに手伝ってもらって汚れを落とそうな」

「はい、あとでお願いしてみます」

「言葉」

「う゛〜」

ぷっぷぷ、くくくっ。何だろう、すごくおもしろい。

「アイビー、どうしたんだ？」

「いや、何でもないよ。それより、そろそろ食べられるから」

ちょっと味見。うん、おいしい。野菜にもしっかり火が通っているし、お肉も大丈夫。

「わかった。ソラたちの食事も終わりそうだし、マリヤは座ってていいぞ」

「はっ……うん」

お父さんが出してくれたお椀に、野菜とお肉がごろごろ入ったスープをよそう。

「今日はパンでいいか？」

「うん。適当に出していいよ」

「薬草が混ぜてあるパンは、まだあるよな？」

薬草？

「お父さんは、薬草を混ぜ込んだパンが好きなの？」

薬草を使ったパンは三種類ある。どれが好きなんだろう。

「あぁ、ちょっとピリッとした刺激がすごく気に入っている」

あぁ、あれか。今度はあの薬草を混ぜたパンを多めに作っておこう。おにぎりもパンも食べやすいから、沢山作りたいけどマジックバッグの容量もあるし、難しいな。

「「いただきます」」

マリャさんが驚いた表情をした後、私たちの真似をする。

「いただきます」

何だか、可愛らしい人だな。食事をしながらマリャさんの様子を見る。薬草を混ぜたパンも、おいしそうに食べてくれている。

「あっ、そうだ。アイビー」

「うん。何？」

「マリャの膝の部分が土で汚れているんだ」

知っているよ。

「悪いんだが、あとで汚れを取ってあげてほしいんだ」

「わかった、いいよ」

お父さんとマリャさんを見る。夫婦には見えないな。お父さんが老け顔だからかな？

「どうした？　マリヤ、こぼれているぞ」

「あれ？　本当だ」

「落ち着いて食べたらいいから。誰も取りに来ないから」

「うん」

どう見ても、夫婦には見えないな。色々な形の夫婦があるみたいだけど、夫婦として見ると違和感があるな。

「ん？　何だ？」

「えっと、夫婦より、お兄ちゃんと妹？　そんな感じに見えるなって思って」

見た目は年が近いように見えるけど、話している内容は幼い妹の世話をするお兄ちゃんだ。

「ははっ。確かにそうかもしれないな」

「えっ？　えっ？」

お父さんと私の会話に、首を捻るマリヤさん。うん、お母さんよりこっちのほうが私もしっくりくる。お父さんを見ると、マリヤさんの様子に笑っている。

「この際、お父さんは？」

「ん？」

「マリヤさんのお父さんになるのはどう？」

「年齢的に無理があるだろう」

やっぱり無理か。お父さんが三三歳で……あれ？　マリヤさんは何歳だっけ？

「マリャさんは、今幾つですか？」

私の質問に、少し困った表情をするマリャさん。

「わからないです。七歳まではわかります。でも、あれから何年たっているのか」

変化のない毎日を送っていたらわからなくなるよね。

「七歳の時、何かなかったか？」

お父さんの質問に首を傾げるマリャさん。

「何か？」

「あぁ、両親から聞いてないか？　何処かの村や町で何かがあったみたいな」

「七歳の時。あっ、オカンケ村で大きな魔石が採れたと言ってました。魔石がどんな物なのか、その時に初めて触らせてもらったから、よく覚えてます」

オカンケ村？　確かここより王都に近い村だったよね。

「それが七歳の時？」

「はい」

「そうなると、マリャは今二七歳だ」

「二七歳？」

「あぁ、二〇年前に見つかったオカンケ村の魔石は、かなり有名だ。洞窟からは出ないと言われていた大きさの魔石が出たからな」

「そうなんだ。すごい魔石が出たんだね？　大きさは？」

私の言葉にお父さんがぐっと拳を作る。

「情報によれば、大人の男性の拳二個分ぐらいだそうだ。魔石のレベルも三と高レベルだったから、一攫千金を狙う冒険者が集まって、すごかったらしい」

拳二個分のレベル三。それは確かに人が集まりそう。

「まぁ、そのあとその洞窟から出てきたのは、他の洞窟と同じレベルの魔石ばかり。一年ぐらいで熱も冷めたと聞いたな。まぁ、それはいいとして。マリヤは間違いなく二七歳だと思う」

「二七歳か。やっぱりお父さんの妹だね」

「そうだな。夫婦よりいいかもしれないな」

番外編 ✿ トロンを捜せ！

The Weakest Tamer
Began a Journey to
Pick Up Trash.

トロンが仲間に加わった洞窟から出る。まさか、洞窟から出るまでに三回もトロンを捜す事になるとは思わなかった。すぐに見つかったからよかったけど、これからは森の中を歩く事になるから気をつけないと見失いそう。

お父さんが肩から下げているカゴを見る。生まれたばかりのトロンには、少し大きなカゴ。そのせいか、カゴの中でトロンが転がっている。今はしかたないけれど次に捨て場を見つけたら、トロンが入るのに丁度いい大きさのカゴを探そう。

「行こうか。シエル、よろしくな」

「にゃうん」

先頭を歩くシエルの尻尾が、楽しそうに揺れているのを見る。あの尻尾を見ていると、捕まえたくなるんだよね。

「にゃうん?」

何かを感じたのか、シエルが振り返り私を見る。それに手を振ると、尻尾の振りが激しくなった。やっぱり、捕まえたいな。

しばらく歩いていると、トロンが気になった。ちゃんとカゴの中にいるかな? 振り返ると、後ろを歩いていたお父さんが首を傾げた。

「どうした?」

お父さんの言葉に、視線をカゴに向ける。

「トロンは、ちゃんといる?」

私の質問に、お父さんが苦笑する。

「心配か？」

横に来てお父さんが、カゴの中を私に見せる。

「うん。よかった、いた」

カゴの中には、うつらうつらしているトロンがいた。かなり眠そう、体が大きく揺れるたびに起こされているみたいだ。

「次の捨て場で、トロン用のカゴを見つけたいね」

「そうだな。今のカゴは、大きいせいか不安みたいだからな」

「にゃうん」

トロンの事を話している間に立ち止まっていた様で、シエルに歩く様に促される。

「「ごめん」」

謝ると、すぐにシエルの後を追う。

「うわっ」

木々が鬱蒼《うっそう》と生えている場所から少し開けた場所に出ると、突風が吹いた。

「すごい風だな。気をつけろ」

「うん」

突風で飛ばされてくる葉っぱを腕で防ぐ。本当にすごい風。

トロンの事が心配になり、お父さんの肩から下げているカゴを見て、そこが空になっている事に気付いた。

「お父さん！　トロンがいない！」

「えっ？」

お父さんが慌ててカゴを確認する。

「本当だ。でも、いつからだ？」

シエルも私たちの様子に気付いたのか、傍に来る。

「シエル、ごめんね。トロンが、いなくなってしまって」

「にゃうん」

シエルがトロンの入っていたカゴを見ると、顔を近付けた。そして、クンクンと匂いを嗅ぐと、周辺を捜し出した。

「シエル、わかるか？」

お父さんの言葉に、首を傾げるシエル。トロンは木の魔物だから、森と同じ匂いがする筈。たぶん、匂いで捜すのは無理だ。

「引き返して捜そう」

「うん」

お父さんの言葉に、来た道を引き返す。ゆっくりと周りを見るが……。

「お父さん。これ、見つけられるかな？」

トロンは双葉を持つ小さな木の魔物だから、森の中にいると周りに紛れ込んでしまう。正直、見つけられる気がしない。

「ははっ、がんばるしかないな」

「そうだね」

あっ、トロンの双葉と似ている葉を見っけ。……違った。

「ぷっぷぷ～」

「てっりゅりゅ～」

「ぺふっ」

「にゃうん」

来た道を、みんなで手分けして捜すが、見つからない。

「皆、あまり離れすぎないでね」

あまり離れすぎると、今度は他の子が迷子になるので気をつけないと。特にソラ。がんばって捜してくれているけど、方向音痴なんだよね。そっとシエルに近付くと、小声でソラの傍を離れないようにお願いする。

「よろしくね」

「にゃうん」

シエルが、小さな鳴き声で応えてくれたのでホッとする。これでソラが迷子になっても、シエルが連れて返って来てくれる。

シエルは、トロンを捜しながらソラに近付く。ソラはそんなシエルをチラッと見たが、すぐにトロン捜索に戻った。よかった、気付かれなかった。迷子対策に気付かれたら、盛大に拗ねるからね。

フレムとソルは、ある程度捜すとお父さんか私の位置を確認してるみたい。すごいな、あの二匹は。

「賢いな」

お父さんも驚いている。

「そうだね」

振り返ってこちらを見ているフレムとソルに手を振る。返事なのか、二匹がふるふると震えたのが見えた。

「さて、捜すか」

お父さんの言葉に、よしっと気合を入れた。

「いないな」

お父さんの言葉に、頷く。洞窟が見える場所まで来たが、見つからない。本当に、何処に行ってしまったんだろう。不安がっていないかな？

「洞窟を出た時は、トロンはちゃんとカゴの中にいたよな？」

お父さんの言葉に頷く。

「うん。カゴの中にいるトロンを確認したよ」

洞窟で三回も見失ったから、一緒に洞窟を出てきたのか確認した。間違いなく、この場所ではカゴの中にトロンはいた。

「木々を抜けて、広い場所に出た時は？」

広場に向かって歩きながら、お父さんが私を見る。

「えっと、広い場所に出る前に確認して、広場に出て数分後にはいなかった」

「つまり、広場から出た前後が怪しいな」

「うん」

お父さんと話しながら、最後に確認した場所まで戻る。

「ここか？」

「うん。ここで間違いないよ」

木々が鬱蒼と生えている場所を出る前に、トロンのカゴを捜す話をした。その時に、カゴの中のトロンを見た記憶がある。

「そういえば、この場所から出たら風が吹いたよね」

「あぁ、かなりきつい風だったな」

そうそう、ここを出て……腕で顔を守る。やっぱり風が強い。

「あっもしかしたら、ここで風に飛ばされたのかも――」

「ぷ～！」

「てりゅ～！」

「ぺ～」

えっ？　ソラとフレムとソルの鳴き声に視線を向けると、コロコロと転がっている三匹を見つけた。

「風で飛ばされたんだ」

お父さんが慌てて転がっていくソラたちを追うと、シエルもそのあとを追った。

「にゃうん」

前脚でフレムを捕まえたシエルの頭を、そっと撫でる。

「シエル、ありがとう。フレム、よかった」

フレムをギュッと抱きしめる。

「てりゅ～」

お父さんを見ると、ソルを捕まえていた。

「あれ？　ソラは？」

お父さんの言葉に、周りを見渡す。

「……いないね」

急いで、ソラが転がったほうへ行き周りを見回す。どうしよう、トロンに続きソラまでいなくなってしまった。

「いない――」

「ぷっぷ～！」

ソラの声が近くから聞こえた。でも、そちらに視線を向けてもソラの姿が見つからない。

「にゃうん」

シエルが、前脚でぽんぽんと地面を叩く。それを不思議に思いながら近づくと。小さな穴が見えた。そして、その穴を覗き込むと情けない表情のソラと視線が合った。

「ぷ～！」

「ソラ、見つけた。シエル、ありがとう」

シエルにお礼を言うと、穴に手を入れてソラを救出する。それにしても、見事に穴に嵌ったね。

「ぷぷ～」

ソラを救出すると、私を見てぷるぷる震える。ギュッと抱きしめると、ホッとしたように息を吐きだした。少し不安だったのかな。

「トロンも風に飛ばされたのかもな」

お父さんの言葉に頷く。

「ソラたちが転がったほうを捜したらいいかな？」

「そうだな。おそらくこの周辺にいる可能性が高いな」

お父さんの言葉に、ソラを足元に置くと皆を見る。

「皆、この周辺でトロンを捜してくれる？」

「てっりゅりゅ～」

「ぺふっ」

「ぷっぷぷ～」

「にゃうん」

「ありがとう」

皆で周りを捜索する。でも森の中では、小さな双葉しか持たないトロンを捜すのは、難しかった。

でも、きっと何処かで迎えに来るのを待っている筈だから、がんばる。

「でも、疲れた」

捜索を始めてから、既に二時間が経っている。少し休憩をしたほうが、効率が上がるかな。

あれ？　ソラが……あぁ、シエルが連れ戻してくれたのか。ありがとう、シエル。

「てりゅ～！」

「「えっ」」

フレムの大きな鳴き声に、お父さんが剣に手を伸ばす。

「てりゅ！　てりゅ！」

フレムを見ると、私を見て跳びはねている。

「もしかして、見つけたの？」

急いでフレムの下へ行く。

何処だろう？

フレムのいる場所の周辺を見るが、トロンの姿は見つけられない。

「てりゅ！」

えっ？　フレムの視線の先は……木？　蔓が絡まっている木を、ジッと見るフレム。

「いた」

お父さんの言葉に、首を傾げる。何処？

「アイビー、太い幹があるだろう？」

「うん」

「その右下だ」

蔓が絡んだ木の幹を見る。右下……あっ！

「トロン！」

トロンは、木に絡まっている蔓に捕まっていた。私たちを見たトロンは、助けてほしいのかバタバタと暴れ出す。

「トロン、ジッとして。すぐに助けるから」

お父さんが、木に近付くとトロンを捕まえている蔓をナイフで切る。何度かナイフで蔓を切ると、ようやくトロンは解放された。

お父さんからトロンを受け取ると、様子を窺う。疲れたのか、少しぐったりしているように見える。

「トロン、大丈夫？」

私の言葉に、トロンの双葉がふるふると揺れる。揺れている双葉を見て、お父さんにトロンを見せた。

「お父さん、どうしよう。双葉が破れてる」

蔓に捕まってから暴れた時か、それとも風で飛ばされた時か、トロンの双葉の一部が破れていた。

「トロン？」

お父さんの声に視線を向けるトロン。双葉がふるふると震える。

「大丈夫そうだな」

「本当に？」

「あぁ、痛みがあったら揺れないだろう」

確かに、揺れている双葉をトロンが気にしている様子はない。しばらくトロンを見るが、不思議そうに体を傾けられた。

「確かに大丈夫そうだね」

「あぁ。それにしても、見つかってよかったよ」

お父さんの安堵の声に、私も頷く。本当にそうだね。

「フレム、ありがとう。皆も捜してくれてありがとう」

「ぷっぷぷ～」

「てっりゅりゅ～」

「ぺふっ」

「にゃうん」

皆の鳴き声に笑みが浮かぶ。

それにしても、疲れた。手の中にいるトロンを見る。

「心配したんだよ。でも、見つかってよかった」

あぁ、早くトロンに合うカゴを見つけよう。

あとがき

皆様、お久しぶりです。ほのぼの る500です。この度は『最弱テイマーはゴミ拾いの旅を始めました。一〇巻』を、お手に取ってくださり本当に有難うございます。皆様、二桁です！一〇巻です！　まさか、ここまで長編になるとは、書き始めた時は想像もできませんでした。そして、皆様のお陰でシリーズ累計一一〇万部を突破！　本当にありがとうございます。

一〇巻は、かなり悩んだ章です。これからの事を考えて、どうしても入れたいスキルがあったのですが、そのスキルの扱いが難しい。色々想像した結果、マリャというキャラが出来ました。そしてこのマリャ、かなり不幸な生い立ちを背負わせてしまったため、扱いにもかなり気を使いました。私も忘れがちですが「最弱テイマー」は「ほのぼのした旅の物語」なんです。マリャのキャラ設定後に「あっ、これは駄目だ」と、慌てて物語を修正。結果、過去から逃れ未来に旅立つ物語になりました。

そしてこの章には、これから重要になってくるキャラも登場します。それは木の魔物です。アイビーを襲った木の魔物ですが、木の魔物の中に友好的な子もいるのだと、ここで登場させたかったんです。イラスト担当のなま先生、可愛いトロンをありがとうございました。描いてくださったトロンを見て、色々な空想が浮かびました。中でも蔓に捕まっているトロンは可愛い！　という思いから、書き下ろしを書いてしまいました。皆様にも、この気持ちが伝わっていたら嬉しいです。

二〇二四年は、「最弱テイマー」がアニメ化される年です。ビックリするほど多くの方が、この作品に関わってくれました。本当にありがたいと思います。「最弱テイマー」のファンの方にとって、もしかしたら「あれ？」と感じるかもしれませんが、アニメも含めアイビーを応援していただけたら幸いです。

TOブックスの皆様、一〇巻でも大変お世話になりました。担当者K様、今回も色々とありがとうございました。皆様のお陰で無事に発売する事が出来ました。

最後に、この本を手に取って読んでくださった方に心から感謝を。引き続き来月刊行の十一巻もよろしくお願いいたします。『最弱テイマーはゴミ拾いの旅を始めました。』はコミカライズも、好評発売中です。また、『異世界に落とされた…浄化は基本！』のライトノベルに、コミカライズも、よろしくお願いいたします。

二〇二四年一月　ほのぼのる５００

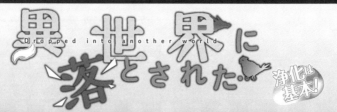

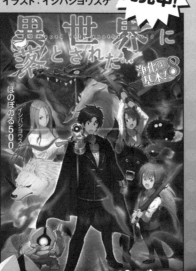

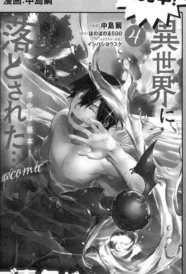

出来損ないと
呼ばれた元英雄は、
実家から追放されたので
好き勝手に生きることにした
THE BANISHED FORMER HERO LIVES AS HE PLEASES
テレ東・BSテレ東・AT-Xほかにて
TVアニメ絶賛放送中！